JN258970

長編トラベルミステリー

十津川警部 坂本龍馬と十津川郷士中井庄五郎

西村京太郎

集英社

＊本書は、「web集英社文庫」で2018年 4 月から12月まで配信された『明治維新直前に死んだ男たち』を、加筆・訂正し改題したものです。
＊この作品はフィクションであり、実在の個人・団体・事件などとは、一切関係ありません。（編集部）

目次

十津川警部　坂本龍馬と十津川郷士中井庄五郎

第一章　君は中井庄五郎を知っていますか？

1

　今年は明治維新百五十年といわれる。

　それがめでたいことなのか、そうでないのかは、明治維新をどうとらえるかによって、違ってくるだろう。

　明治維新を、静かな革命だという人もいれば、あれは単なるテロだという人もいる。そして、明治維新によって、得した人もいれば、明治維新直前に、無念の死を遂げた人もいる。

　私は、明治維新の直前に亡くなってしまった人たち、もっと正直にいえば、殺されてしまった人たちのことを考えてみたいと思っていた。その中で、もっとも有名な人間は、坂本龍馬（さかもとりょうま）だろう。

　坂本龍馬は、慶応三年の十一月十五日（一八六七年十二月十日）に死んでいる。翌年の慶応四年に改元して明治となったから、彼が待っていた新しい日本が始まる約一年前に死んだことになる。

　それも、生まれ故郷の高知ではなく、京都で死んでいる。考えてみれば、多くの志士たちが、故郷以外の地、特に京都で死んでいた。

　当時、日本に集まっていた外国の公使たちは、日本には、二人の王がいると考えていたという。

　一人は天皇であり、もう一人は将軍である。孝明（こうめい）天皇は、京都御所に住み、徳川幕府の徳川慶喜（とくがわよしのぶ）

は、京都を中心に畿内にいた。

その徳川慶喜は、突然、大政奉還を叫んで辞職してしまったので、残るのは孝明天皇ひとりになった。こうなれば、孝明天皇を担ぐことに成功したほうが明日の日本の勝者になる筈だが、そう簡単ではなかった。

御所の守りは、会津、長州、薩摩の三藩が当たっていた。常識的には、会津は佐幕、長州と薩摩が勤皇と考えてしまうが、実情は、もっと複雑だった。現実に、元治元年（一八六四年）薩摩は会津と組んで、長州を、京都から追放してしまうのである。この事件は、蛤御門の変、または禁門の変と呼ばれている。このことがあったため、その後、長州は、薩摩を信用しなくなり、薩長連合が難しくなっていたのである。

京都の覇権を争って、会津は、新撰組を傭い、それに対抗する形で、各藩の脱藩者が、京都に集まってきた。土佐の坂本龍馬や、中岡慎太郎たちである。

孝明天皇の傍にいる公卿たちも、一枚岩ではなく、勤皇、佐幕に分かれ、特に、岩倉具視は陰謀家だった。

第一、孝明天皇自身、どちらかといえば、薩長より会津を信用していて、幕府と天皇が仲良く日本の政治を行う、いわば、公武合体論者だった。「御所の内部は、魑魅魍魎の巣だ」と、いわれていた。見方によっては、革命の巣だったともいえる。

最後には、勤皇派が、自分たちに邪魔な孝明天皇の死を願うようになり、その願いどおり、孝明天皇は、慶応二年に、突然死去するのだが、殺された、毒殺されたという噂が流れ、この噂は、なかなか消えなかった。

　翌年、明治天皇が十五歳にもならぬうちに即位するが、その若さに乗じて、岩倉具視が、ニセの詔勅を作り、徳川慶喜を「朝敵」として、亡ぼそうとする。その結果、鳥羽・伏見の戦いになるのだが、この発端になった詔勅や、朝敵の言葉は、全て、ニセモノだという見方が強い。

　これに反対していた坂本龍馬や、中岡慎太郎が、殺されたと考えれば、犯人が、新撰組や、見廻組というのは不自然で、勤皇の強硬派と考えるのが、当たっているだろう。

　私は、今日四月十二日に、坂本龍馬の足跡を追って京都にやって来た。京都の東山区霊山町、そこにある霊山護国神社の中に、彼の墓があるといわれていたが、そこを訪ねるのは初めてだった。

　命日の十一月十五日には、坂本龍馬の遺徳を偲んで多くの若者たちが、集まるそうだが、今日はまだ四月である。それに、朝から小雨が降っていた。冷たい一日だった。

　それでも、護国神社に向かう坂道には、若い観光客の姿が多かった。

　あの頃、京都は若者たちにとって戦場であり、働き場所であり、新しい世界、新しい政府、新しい年を迎えようとして皆、戦っていたのである。

　今となれば、勤皇も佐幕もない。とにかく命を懸けて、ひたすら、京都の町を走り回っていたといえるだろう。

　しかし、今はそんな時代ではない。日本は平和だし、どこでも戦場ではない。

　それが幸福なことなのか、それとも退屈でつまらないことなのか、判断はつかない。私もできれば一日でも二日でも、当時の戦場だった京都の空気を味わってみたいのだが、もちろん、果たせぬ夢である。

東大路から大きな鳥居のある坂を上っていくと、最初にぶつかるのは高台寺である。豊臣秀吉の妻ねねを祀っている寺である。

さらに坂を上っていくと、そこに坂本龍馬の墓のある護国神社があった。

この辺り、寺と神社がやたらに集まっていて、自然に多くの観光客が行き交っている。今日は、さすがに雨もようの日和からか、思いのほか静かだった。

護国神社に入っていく。坂本龍馬と、彼の同志で同じ日に襲われた中岡慎太郎の銅像がある。そして、坂本龍馬の墓、隣は中岡慎太郎の墓である。ほかにも、私の知っている勤皇の志士たちの墓が並んでいる。

明治維新で亡くなった人たちの墓を見るたびに思うことがある。勤皇の志士の墓でもあり、会津藩士の墓でもある。みんな若い。その若さを悲しいと思うこともあれば、うらやましいと思うこともある。

私は、単なる平凡なサラリーマンにすぎない。この先、私が、戦争にぶつかることは、まずないだろう。そのことを幸福だと思うこともあれば、このまま平々凡々と生きていても、つまらない人生だと思うこともある。

人間というものは何とも勝手なものだ。私は戦争には反対だが、戦争を味わってみたいと思うこともあるからだ。

私は坂本龍馬と中岡慎太郎の二つの墓に手を合わせてから帰ろうとしたが、ふと、その近くに一回り小さな墓石があることに気がついた。それは、いかにも遠慮がちに坂本龍馬の墓にかしずいているような、そんな感じがした。

その墓石には、「中井庄五郎」という名前が彫られていた。私は、その名前を知らなかった。ただ、その墓を見ただけでは、なぜ、それがここにあるのか、なぜ、坂本龍馬の墓のそばに遠慮がちに建っているのかわからない、それが気になった。

そこで、社務所に行って話をきいてみることにした。

「中井庄五郎というのは、暗殺された坂本龍馬の仇を討とうとして亡くなった、当時二十一歳の侍ですよ」

と、教えてくれた。

社務所の人がいうには、最近、この中井庄五郎という二十一歳で死んだ侍に、急に人気が出てきて、彼のことを知ろうとして、この護国神社にやって来る人が増えているのだそうだ。そのため、中井庄五郎の墓石の写真や中井庄五郎のエピソードを書いた冊子などをワンセットにして、売っているのだという。

「全部揃えると五〇〇〇円になりますが、七％おまけします」

と、いわれた。

私は、ふと財布を取り出そうとしたが、やめてしまった。与えられた知識よりも、自分で中井庄五郎という若者について調べようと思い立ったからである。

「この中井庄五郎さんは、どこで亡くなったのですか？」

と、きいてみた。

「油小路通りをご存じですか？」

と、逆に、社務所の人がきく。

「よく知りませんが、地図を持ってきているので、それを見れば迷わずに行けると思います」

と、私は、いった。

私が京都に来てから買った京都の地図を見せると、地図の上に社務所の人が、バツ印を付けてくれた。

「ここは昔、天満屋(てんまや)という旅館があったところですが、そこで、中井庄五郎は死んでいます。今、中井庄五郎の碑が建っていますが、小さな碑ですから、よく見ていないと見過ごしてしまいますよ」

今度は、脅かすように、社務所の人が、いった。

私は、社務所の人に礼をいい、傘をさして地図を頼りに、天満屋の跡に向かって歩いて行った。

「二十一歳か」

私は、歩きながら、小さく呟(つぶや)いてみた。

私はもう三十代も半ばである。二十一歳の時は大学の学生だった。その年代に中井庄五郎という男は、坂本龍馬の仇を討とうとして死んでしまっているのだ。

二十一歳で死ぬことが、はたしてどんなことなのか？　私にはよく分からない。

私はもう三十五歳になり、たぶん、このままでいけば七十歳か、あるいは八十歳まで生きるだろう。一応、そうした長生きが約束されている人間にとって、二十一歳で人生を終わるということがどういうことなのかを分かろうとしても、それはまず無理だろうと、私は、思った。

京都の町は、どこもかしこも相変わらず観光客であふれている。その人たちの様子にも少しずつだが、変化が見られるようになってきた。昔は、いかにも観光客という人たちが歩いていたのだが、今は野球帽をかぶり、スニーカーを履いて歩いているアメリカ人らしい男もいれば、グループで歩いている中国人らしい人たちもいる。

それにしても、皆さん例外なく、いかにも楽しそうだ。

和服姿の一団もいたので、日本人も京都に来れば和服を着て楽しむのかと思ったら、よく見ると、それは外国の女性たちだった。たぶん京都に来て和服を着ること、それがいちばん京都観光にふさわしいと思って着ているのだろう。彼女たちも、いかにも楽しそうに見える。

護国神社の人に教えられた天満屋の跡に、なかなか、着けない。私は京都に来たのは、これで三回目だが、京都の通りというのがどうなっているのかが、まだよく分かっていないのだ。

通りが碁盤の目のようになった京都では、南北の通りと東西の通り、その両方を知らないと肝心の場所が分からないのである。

護国神社の社務所で教えられたものの、地図があっても、やはり迷ってしまう。途中で疲れてカフェに寄った。

京都のカフェはMが有名だが、今、私が、入ったのは、アメリカ系のカフェだった。若者たちで結構込んでいた。昔ながらの喫茶店は少なくなって、こうした外資系の、いかにも若者向きのカフェが、どんどん増えていくのだろうか？

コーヒーを飲みながら、外の通りを見つめた。やっと雨が止んだように見える。

私は、そのカフェを出て、また地図を頼りに、天満屋跡を探した。

しばらく歩いているうちに、やっと見つかった。

それは、やたらに、小さかった。町家の並ぶ一角にコンクリートで小さな四角い枠を作り、その中に碑が建っているのだ。

よく見れば、「勤王之士　贈従五位　中井正五郎殉難之地」という文字が読める。

ただ一つ、ポツンと建った殉難の碑である。そのそばに小さな道祖神が祀ってあるのだが、むしろそちらのほうが大きいくらいだった。

護国神社の場合は、坂本龍馬や中岡慎太郎の墓石があって、そばに小さい中井庄五郎の墓があった。少なくとも孤独ではなかった。

しかし、どうして、ここには、中井庄五郎の殉難の碑しかないのだろうか？

私は、護国神社の社務所の人の言葉を思い出した。

「中井庄五郎は同志と一緒に、坂本龍馬の仇を討とうとして天満屋に斬り込んでいったのだが、その時亡くなったのは、中井庄五郎一人だけだった」

と、いうのである。

どうやら何人もの若侍が入り乱れて戦ったのだが、亡くなったのは、坂本龍馬を好きだった中井庄五郎という若い侍一人だけだったらしい。そのことが、そのまま、この小さな碑にも表れていて、そこには、中井庄五郎という一人の名前しか書かれていなかった。

私はもう一度、護国神社に引き返した。油小路の殉難の碑で、中井庄五郎が途切れてしまっていたからである。

護国神社の社務所の人は、私の顔を覚えていてくれた。

「油小路にある中井庄五郎の殉難の碑を見てきましたよ」

と、私が、いった。

「ただ、その先がどうなったのか、よく分からないのですよ。中井庄五郎という人は、海援隊の人だったんですか？」

　と、きいてみた。

　坂本龍馬が海援隊を作り、同僚の中岡慎太郎は、陸援隊を作った。その二人が殺されたのだ。だとすれば、海援隊と陸援隊の人間が必死になって、龍馬を殺した犯人を見つけようと、京都の町を捜し歩いたに違いないと、思ったのだ。

「いいえ、中井庄五郎さんは、海援隊の人でも陸援隊の人でもありません」

　と、社務所の人が、いった。

「それなのに、坂本龍馬の仇を、討とうとしたんですか？」

「ええ、そうです。中井庄五郎は、京都から車でも、三時間はかかる、奈良の十津川村の郷士だったのです。いわば田舎者ですよ。それが京都に出てきて、坂本龍馬に会い、素晴らしい人だと感動してしまったのですね。坂本龍馬のためならば、死んでも構わない。そのくらいのことは思ったのではありませんかね。だから、必死になって龍馬の仇を、討とうとしたのですよ。私はもちろん、中井庄五郎に会ったことはありませんが、その心根は可愛いと思いますよ。田舎から京都に出てきて、自分の尊敬できる人間をやっと見つけた。ところが、その人が殺されてしまった。そうなれば、彼は何としてでも仇を討ちたいと思うでしょうね。そう考えるのが自然だと思いますね。ですから、私は、中井庄五郎という人が好きなんですよ」

　と、社務所の人が、いった。

「中井庄五郎について詳しい人は、いませんか？」

　と、私が、きいた。

急に、いや、あの小さな殉難の碑を見た時から、中井庄五郎についていろいろと知りたくなったのである。

だからといって、この護国神社でお仕着せの知識を与えられたくもなかったのである。

「そうですね」

と、社務所の人が、いった。

「このそばに霊山歴史館という博物館があります。そこの館長さんは、明治維新の歴史について、かなり詳しい方ですから彼におききになったらどうですか？　それがいちばんいいでしょう。館長さんは坂本龍馬の大ファンでもありますから、当然、中井庄五郎のことも知っていると思いますから」

2

道路をはさんだところに、教えられた霊山歴史館があった。現在、「西郷隆盛と坂本龍馬展」をやっていた。そこで私は、六十代と思われる館長に会って、今日一日の話をした。

「坂本龍馬の京都での足跡を調べるために東京からやって来たのですが、中井庄五郎という二十一歳で死んだ侍のことを知り、その侍のことが気になって仕方がないのです」

と、私が、いった。

館長は、笑って、

「あなたの、その気持ちはよく分かりますよ。当時、坂本龍馬に憧れていた若者は、たくさんいたと思うのです。しかし、そういった若者たちの中で、本当に龍馬のことを愛していて、彼のためなら死んでもいいと思いこんでいたのは、おそらく、中井庄五郎一人だと思いますからね」

と、いった。

「坂本龍馬が殺されたのは、慶応三年の十一月十五日でしたね？」

　と、私が、きいた。

「ええ、そうです」

「しかし、中井庄五郎は、土佐の人間でもないし、海援隊にも、陸援隊にも所属していませんよね。それなのに、どうして坂本龍馬と知り合ったんでしょうか？」

「たしかに、それは大きな疑問ですね」

　と、館長が、いった。

「私は、中井庄五郎が必死になって坂本龍馬の仇を討とうとしていたということを聞いて、てっきり海援隊か陸援隊の隊士かと思っていたのですが、何の関係もないんですね？」

「そうですよ。彼は、十津川村の出身です。当時も今も、十津川村といえば大きな村で、山々が連なっていて平地が少なく、米が穫(と)れないので、幕府としては仕方なく天領にしていたというところです。ですから、中井庄五郎は、十津川郷士ということになりますね」

「それが、どうして、京都に出てきていたのですか？」

「十津川村の人というのは、少し変わった人たちでしてね。神武(じんむ)天皇が東征した時、八咫烏(やたがらす)という烏が、その道先案内をしたという話があります」

「その話なら、私も聞いたことがあります」

「十津川村の人たちは、自分たちは、その八咫烏の子孫だと固く信じているのですよ。天皇のことを、親しみをこめて、『天皇さん』と呼んでいるでしょう？　天皇さんが好きで、南北朝に分かれて戦った時には、南朝に仕えて戦っています。幕末になると、天皇さんのために働くのだといって、その代表が京都に出てきて、何とかして御所を守らせてほしいと願い出るんです。幕末の動乱の時代を迎えて、十津川村の人たちは、今こそ京都に行って天皇さんを守る時だと考えたんでしょうね。

十津川村の代表の上平主税、この人は医者で、村ではいちばんといってもいいインテリなんですが、上洛して、ぜひ自分たちに、御所の警固を任せてほしいと請願するのです。それが許されて、一〇〇名から二〇〇名の十津川郷士たちが京都にやって来て、御所の警固を受け持つことになりました。その時に、中井庄五郎も同道して、京都御所の守備隊の一員になるわけです。この時、庄五郎は、十七歳だったといわれています」

「中井庄五郎という人は、若い時から、剣が強かったと聞いたのですが、本当でしょうか？」

「そのことは、今でも、よくいわれますね。庄五郎は、剣に強く、居合の名手だったといわれています。しかし、どこの道場で、どういう人に、どんなふうに習ったのかが全く分からないのですよ。ですから、私は、こんなふうに考えています。彼の剣も居合も、十津川村の険しい山の中で、鍛えられたのではないかと。とにかく、十津川村という村には、平地がほとんどありませんからね。至るところが険しい崖や山なのです。そこを走り回り、剣を鍛えていたのではないですかね。獣と向かい合った時には、先に相手を倒さなければ、自分のほうがやられてしまいます。そのために居合を会得したとも考えられます。そうやって鍛えられた中井庄五郎の剣は、特別なものだったのではないかと思うのです。ですから、相手にしてみれば戦いにくかった。いわゆる邪剣ですかね」

「最初に京都に来た時は十七歳ですか。若いですね」

「そうです、十七歳です」

「それにしても、十津川村は、田舎でしょう？それがどうして、京都に来て、坂本龍馬と、親しくなったのでしょうか？」

と、私が、きいた。

「それがですね、ちょっとばかり、面白いんですよ」

館長が、笑顔になって、

「十津川村から二〇〇人の十津川郷士が上洛してきて、御所の警固をしました。その時、彼らにとっていちばん恥ずかしかったことは、自分たちの、みすぼらしさだったといわれています。何しろ身なりも、貧相だし、第一に、持っている武器が、古臭かったんですよ。その頃はすでに、アメリカ、フランス、イギリス、ロシア、ドイツなどの列強の国々が、日本にやって来ていた。大きな藩は、彼らから最新式の銃を買って、それを京都の警備に当たっていた者に、持たせていたんです。ところが、貧しい十津川村の人たちは、そんな銃を買うことができません。持っていたのは種子島（たねがしま）の銃、いわゆる、火縄銃でした。会津、長州、薩摩といった大藩の侍たちは、当時の最高の銃だといわれたヤーゲルとか、スペンサーとかいう銃を持っていました。種子島銃は、一発ずつしか撃てませんが、スペンサー銃は、七連発です。それに元込めです」

館長は、当時の銃の写真を、見せてくれた。たしかに当時、最新式の銃は、全て元込め銃である。

ところが、火縄銃のほうは銃口から弾を入れなくてはならないし、火縄式だから、雨が降れば使えない。たしかに、この違いがあっては十津川郷士たちは、引け目を感じるのも当然だ。

「それで、何とかしたいと思ったのですが、十津川郷士には、買うだけの金がありません。それで、薩摩の西郷さんに話をして援助を受けたいと、思ったのです。といっても、ただそのためにだけ薩摩藩邸を訪ねていくわけにはいきません。それでなく最新式の武器が必要だと話していた。その時十津川の人たちは、頻繁に藩邸に出向き、それとに薩摩藩邸で土佐藩を脱藩していた坂本龍馬や中岡慎太郎、あるいは長州藩の脱藩者たち、いわゆる勤皇の志士たちと会っていたと思われます。中井庄五郎も、その中にいて、坂本龍馬と仲良くなったのではないですかね。とにかく庄五郎は、まだ二十歳前ですからね。龍馬からどんなことでも学びたかったのではありませんかね」

と、館長が、いった。

(たしかにそうかもしれない。館長のいう通りだろう)

と、私も思った。

十津川村という田舎から京都に出てきた。京都はその頃、薩長、佐幕、勤皇が入り乱れて、日本の現代社会の東京と同じだったのではないか。

最先端の場所だった京都は、中井庄五郎にとって、珍しいものが、あふれていたのだ。

若い中井庄五郎は、国内の動きはもちろん海外のことも知りたがった。だから、坂本龍馬に質問を次々とぶつけていったに違いない。

「その時に坂本龍馬が偉かったのは、中井庄五郎を子供扱いせずに対等に付き合ったということなんです。中井庄五郎は、そのことがいちばん嬉しかったと書いています。たぶん坂本龍馬のほうも、純朴で、剣も強く、知識欲も旺盛な中井庄五郎が好ましかったんじゃありませんかね。だから、自分の刀を彼にあげています。その時の坂本龍馬の手紙の写しがここにありますので、それをお見せしましょう」

と、館長が、いってくれた。

その手紙には、こうあった。

「一筆啓上仕候、益々御安泰可被成目出度奉在候、陳者（さて）此刀は吾輩年来所蔵の品にて無銘に候得共、昨年後藤象二郎にも為見候へは青江吉次と鑑定致候、兼（あわせ）て御貴殿任御嗜好相譲り申候、御佩用被成度余事拝顔万々申上候、恐惶謹言　八月十七日（慶応三年）
直柔（龍馬）
中井庄五郎殿」

その手紙を読むと、坂本龍馬は、中井庄五郎が、可愛くて仕方がないように思える。私は、館長にきいた。

「中井庄五郎が、もし二十一歳で死なずにそのまま生きていたら、どんな人物になったと思いますか？」

「そうですね」

と、館長は、少し考えてから、

「日本一のテロリストですかね」

と、いった。

その言葉に、私は驚いた。全く想像していなかった、意外な返事だったからである。

「どうしてそう思うのですか？」

と、私は、きいてみた。そうきかずにはいられなかったからである。

「多くの人が、中井庄五郎のことをこんなふうに書いているのですよ。もし、庄五郎が死なずにあのまま生きていたら、日本一のテロリストになっていただろうと」

「中井庄五郎は、坂本龍馬に傾倒していたんでしょう？　なぜ第二の坂本龍馬にはならなかったんでしょうか？」

「そこまで中井庄五郎が、日本というものを、時代というものを深く考えていたとは思えないのです。たしかに坂本龍馬に憧れていましたが、それは坂本龍馬という人間が、好きなのであって、坂本龍馬がやっていたことを好きだったわけではありません。簡単にいえば、龍馬のマネをしていたんだと思いますね。中井庄五郎の京都での生き様を見ていると、勤皇の志士というよりも、酒を愛し、剣を愛し、時には酔って新撰組と喧嘩（けんか）をする。その点は田舎者であり、自由人というか、自分の生きたいように生きた、そんな感じがするのです」

「しかし、中井庄五郎は、京都の御所の警固のために、同郷人と一緒に京都に来ていたのでしょう？」

「そうですが、十津川郷士たちは、京都に自分たちが寝泊まりする場所を持っています。そこに泊まっている間、夜、町に行って酒を飲んでいる。現実に新撰組と喧嘩をしていることが分かっているのです」

　と、館長が、いった。

「新撰組といったら、最も過激な戦闘集団でしょう？　本当に彼らと喧嘩をしたのですか？」

「ええ、本当です。庄五郎のほうは同僚と二人、相手は新撰組の沖田総司（おきたそうじ）、永倉新八（ながくらしんぱち）、斎藤一（さいとうはじめ）の三人です」

　私は、その名前にも驚いた。

「沖田、永倉、斎藤といえば、新撰組の中でも強いほうの三人じゃありませんか」

「そうなんですよ。中井庄五郎と同僚のほうは、酔っ払って四条大橋を歩いていて、新撰組の三人とぶつかって斬り合いになって、同僚のほうは傷を負って逃げ出したのですが、庄五郎のほうは、立派に戦って何のケガもしていません」

「だから、日本一のテロリストというわけですか？」

　私が、きくと、館長は、笑って、

「それだけなら、もちろん立派な勤皇の志士ですよ。しかし、薩摩藩邸などで長州の侍に会った時、人を斬ってほしいと頼まれているのです」

　と、いう。

「どういうことですか？」

「同じ長州藩士の中に、佐幕派と通じている者がいる。その人間を斬ってくれと頼まれたのです。頼んだほうの人間も分かっています。長州藩士の品川弥二郎という侍で、斬る相手は、村岡伊助という長州藩士です。中井庄五郎は、この頼みを聞いて村岡伊助を殺しました。その時に、村岡伊助が佐幕派の人間と交わした密書があって、それが手に入ったので、それを見た品川弥二郎は大いに喜び藩侯の名前で、庄五郎に刀を贈っています。ですから、そのまま死なずに成長していったら、幕末から明治にかけて日本一のテロリストになっていたと思うのです。幕末の刺客といえば、岡田以蔵らが有名ですが、おそらく、それ以上のテロリストになっただろうと、いう人もいます」

　と、館長が、いった。

　私は今日初めて、中井庄五郎という名前にぶつかったのである。十津川の郷士だということは分かったが、いったいどんな顔をしていたのか、どんな家に生まれたのかなど、何も分かっていない。もう一つ分かったといえば、十七歳で京都に出てきて、二十一歳で死んだということである。

彼は、限りなく、坂本龍馬のことが好きで好きでたまらなかった。だから、坂本龍馬が殺された時、一途にその仇を討とうとして死んでしまった。

私は、その一途さに惚れてしまったのかもしれない。かってに私の頭の中で、中井庄五郎はどんどん理想化されていった。そのうちに私の頭の中で、中井庄五郎は美少年でなければならなくなっていく。

中井庄五郎は、いつも憧れの眼をもって坂本龍馬を見つめていた。そして、坂本龍馬の後を追うようにしてわずか二十一歳で死んでいった。

坂本龍馬や中井庄五郎の死後に明治維新が成立している。時代の荒波に身を投じた龍馬の生き方と、どこか通じる一面が、庄五郎にもあったのかもしれない。

その中井庄五郎をテロリストだという。たしかに館長がいうように、長州藩の侍に頼まれて、同じ長州藩の武士を殺害したところ、相手が密書を持っていたので、庄五郎に殺害を頼んだ長州藩士に渡すと、長州藩は喜んで、庄五郎に刀を与えた。もちろん金も払ったに違いない。

私としては、そんな中井庄五郎の姿は認めたくはない。

館長が、庄五郎は死ななければ、幕末一のテロリストになっていただろうという。もちろん、私にはそんな館長の言葉は、絶対に信じられない。

そこで、私は予定を変更し、京都にもう一泊して、翌日、中井庄五郎が生まれ育った奈良県の十津川村に行ってみることにした。

3

　翌朝、私は十津川村に向かった。五条まで電車で行き、五条から新宮（しんぐう）行きのバスに乗った。日本でいちばん長い距離を走る定期バスといわれる新宮行きの往復バスである。

　十津川村まで優に三時間かかるといわれ、バスが走り出すと、私は、すぐに眼を閉じて眠ることにした。幸い、今日は晴れていて暖かい。そのためかバスに揺られながら、少しばかりウトウトした。気がつくと、バスは山間を走っていた。

　三時間余りかかって、バスは、やっと十津川村に着く。

　バスから降りた途端に、私は山の中に放り出されたような感じがした。

　どこにも平地がなく、見渡す限り、周りは山か斜面か川である。おだやかな自然の風景というものがどこにもないのだ。

　これが十津川村かと、私は理解した。おそらく明治維新の頃も現在も、この風景は変わっていないのだろう。とすれば、中井庄五郎は、この風景の中で生まれ、この風景の中で育っていったのである。

　村役場も、その斜面に寄りかかるようにして建っていた。私は、まず村長に挨拶して、ここで中井庄五郎について分かることがあれば、どんなことでもいいので教えてほしいと頼んだ。

　村長は、

「向こうに歴史民俗資料館がありますので、そこに行って、館長に話を聞いてください。中井庄五郎のことを知るには、それがいちばんいいでしょう」

と、いった。

たしかに、村役場の近くに、ちょっと変わった形をした、歴史民俗資料館があった。

京都では、中井庄五郎の墓はあるのにその占める位置は小さくて、詳しいことはほとんど何も分からなかったが、さすがに、ここは庄五郎の郷里十津川村である。資料館の二階に上がっていくと、中井庄五郎関係の資料が、大きな場所を占めて、展示されていた。坂本龍馬の写真があり、その坂本龍馬からもらったという刀が飾られていた。

また、その時に龍馬から庄五郎に送られた手紙、京都で見たのはその写しだったが、ここには本物が展示されている。

さらに、中井庄五郎が坂本龍馬の仇を討とうとして天満屋に乗り込んだ事件のことも、詳しく紹介されていた。

中井庄五郎が坂本龍馬のことを尊敬していたことは聞いていたが、坂本龍馬のほうも、中井庄五郎、というよりも十津川郷士が好きだったということである。おそらく、十津川郷士の純粋さとか一途さとか、そんなものが好きだったのだろう。そして、その典型が、若い中井庄五郎だったのではないだろうか。

だから、十二歳近い年齢差があるうえ、中井庄五郎は田舎者で、子供っぽくて、世界のことも、ほとんど知らない人間だったにもかかわらず、普通ならバカにするものだが、三十代の龍馬は、二十歳の庄五郎に向かっても、丁寧に、世界情勢の話をし、さらに日本の現状についても、説明してやったのではないだろうか。

そして、龍馬は自分の刀に手紙を添えて、庄五郎に贈った。その本物の刀も、この資料館には置かれていた。

もう一つ、慶応三年十一月十五日、坂本龍馬と中岡慎太郎がいた近江屋に、犯人たちが乗り込んできた時、犯人の一人が十津川の者ですといったので、龍馬が安心して犯人を二階に上げてしまったといわれている。そのことも中井庄五郎の悔しさを大きくしたのだろう。自分たちの名前が、尊敬する坂本龍馬の暗殺に利用されたからである。

その後、海援隊と陸援隊の侍たち、それに中井庄五郎が加わって、坂本龍馬を殺した犯人を捜して、京都中を歩き回ることになる。

当時、坂本龍馬と中岡慎太郎を殺したのは、新撰組ではないかと疑われていた。

紀州藩の藩士、三浦休太郎が犯人ではないかという疑いも多かった。慶応三年四月、龍馬が作った海援隊が貿易に使っていた船いろは丸が、紀州藩の軍艦明光丸と、衝突して沈没するという事件があったからである。いろは丸事件である。

坂本龍馬は万国公法（国際法）を持ち出して、日本で初めての、海難審判が行われ、紀州藩はその争いに負けて、多額の賠償金を支払うことになってしまった。

紀州藩は、そのことに怒り、近江屋にいた坂本龍馬と中岡慎太郎を襲って殺してしまったというのである。特に、京都で紀州藩のために動いていた三浦休太郎が、犯人に違いない。そう考えて、中井庄五郎は、海援隊や陸援隊の隊士たちと一緒に、問題の三浦休太郎を捜して歩き回った。

三浦休太郎のほうも、危険を感じて、新撰組に警護を頼んだ。慶応三年十二月七日（一八六八年一月一日）、三浦休太郎が、新撰組の隊士と一緒に天満屋の二階で、酒を飲んでいることを知り、海援隊と陸援隊の隊士、そして中井庄五郎たちが一斉に天満屋に乗り込んで、斬り合いとなった。

双方で二〇人から三〇人の壮絶な戦いになったと伝えられるが、この時に亡くなったのは、中井庄五郎一人だけであり、新撰組や紀州藩士、あるいは攻撃を仕掛けた海援隊や陸援隊の隊士の中には、死んだ者は誰もいなかった。

そのため、天満屋の跡には、その時亡くなった中井庄五郎の殉難の碑だけが建っているのである。

私には、どうしても、資料館の館長に会って、きかなくてはならないことがあった。それは、例の中井庄五郎はテロリストだったのか、それとも違っていたのかという問題である。

館長に向かって、「テロリストと呼ばれていませんでしたか」と、露骨にきくことができないので、長州藩士に頼まれて裏切り者を殺した件について、本当なのかときいてみた。すると、館長は、ニッコリ笑って、

「ええ、本当です。頼んだのは、長州藩士の品川弥二郎です。同じ長州藩士の村岡伊助を斬ってくれと頼まれて、それを実行しています。この村岡伊助という長州藩士は、実は会津藩に内通していたといわれていました。しかし、庄五郎に殺してくれと頼んだ品川弥二郎にしてみれば、疑いを持っていたとはいえ、同じ長州藩士を斬るわけにはいきません。そこで、居合の達人といわれていた中井庄五郎に頼んだのではないかと思いますね」

と、いった。やはり、霊山歴史館の館長と同様である。

「その長州藩士は、本当に会津藩と通じていたのですか？」

「内通していました。それを示す書類も残っていて、中井庄五郎は、それを殺しの依頼をした品川弥二郎に届けて、感謝されたといわれています。それで、長州藩から刀一振りを与えられたのです」

「それにしても、長州藩といえば、勤皇でしょう？　中井庄五郎としては、長州藩士を殺すことに対して、ためらいはなかったのでしょうか？」

私が、きくと、館長は、

「たしかに、それはあったかもしれませんが、当時の京都は勤皇、佐幕の二派に分かれて、毎日のように激しい戦いが行われていましたからね。それに、庄五郎に殺害を頼んできたのは、長州藩士の品川弥二郎ですから、別に何の迷いもなく引き受けたのではないかと思いますね」

と、いった。

「もしかすると、そのことが若い中井庄五郎にとっては、心の重荷になっていたのではありませんか？」

「その辺のところは分かりません。何しろ、庄五郎は十七歳で京都に来て、酔って新撰組と斬り合いをしたりしているわけですから。私は、それほど心の傷はなかったと思いますよ」

と、館長が、いう。

「この資料館に、坂本龍馬から貰った刀が展示されていました」

「鎌倉時代の名刀工・青江吉次作ですね」

「天満屋に乗り込んだ時に、この刀を使ったんじゃないんですね？」

「天満屋では、激闘の末、庄五郎の刀が折れてしまったと、伝えられましたから、青江吉次ではなかったと思います」

「坂本龍馬の仇討ちだったわけでしょう。それなら、普通は、龍馬から貰った刀を使うでしょう？　龍馬を尊敬していたのなら、なおさら、だと思うんですが」

「庄五郎は、居合の名手ですから、それに合わせた刀を、いつも使っていたんじゃありませんかね」

と、館長は、いう。

「もう一つ、おききしたいんですが、天満屋での斬り合いには、双方で、三〇人くらいが、参加したといわれていますが、本当ですか？」

「それは事実です。相手の人数は、分かりませんが、こちらは、名前は、分かっています。陸奥陽之助（宗光）、岩村誠一郎、関雄之助、斉原治一郎、本川安太郎、山崎喜都真、松島和助、藤沢潤之助、竹野虎太、竹中与一、前岡力雄、宮地彦三郎、そして中井庄五郎です。新撰組のほうも、同じくらいの人数だったといわれています」

「双方で、三〇人くらい？」

「そういわれています」

「大乱闘ですね」

「そうですね」

「しかし、死んだのは、中井庄五郎一人だと、聞きましたが」

「その通りです」

「死んだのが、庄五郎一人というのは、不思議なんですが」

「私も気になって、調べました。片方に、二人か、三人が死んだように書く資料もありましたからね。しかし、証拠がないんです。それで、こちらには、二人殺されたとか、三人斬られたという噂もあったので、徹底的に調べてみました。そうすると、やはり、死んだのは、中井庄五郎一人だと分かりました。負傷者は、他には何人かいたようですが」

「なぜ、中井庄五郎一人だけ亡くなったんですか？　彼は、剣に秀で、居合の名人だったわけでしょう？」

「そうです」

「彼一人だけが死んだとすると、他の三〇人近くは、中井庄五郎が、死ぬところを見たわけですよね。他に死者はいなかったんですから」

「まあ、そう推測、できますね」

「二つのストーリイが考えられますね。一つは、カッとなって、より激しく、戦った。もう一つは、バカらしくなって、片方が、引き揚げてしまったというストーリイです」

「あとのほうは考えにくいと思います。カッとなって、戦いが激しくなったと考えたほうがいいと思います」

「しかし、中井庄五郎以外、誰も死んでいないんでしょう？」

「そうです」

「なおさら、激しく戦ったとは、考えにくいですよ」

「そうかもしれませんが、いくら調べても、中井庄五郎以外に、死者は出ていないんです」

「ここに展示された文書を見ると、こうありますね」

　と、私は日記の記事を示した。

「同志の中で、中井が乱闘のうちに数剣をこうむって、ついに斬死してしまった。竹中は左の手首を、斬り落され……」

「これだけですね」

「実際にも、それで終わってしまったんだと思います」

「何故でしょう?」

「何がですか?」

「さっき、館長は、中井庄五郎が死んだのは、カッとなったからといわれたので」

「激昂した反面、逆に、われに返るということも、考えられますからね。幕末で、明治元年が迫っていたわけですから、今更、仇討ちでもないだろうと思ったんじゃありませんかね」

「それで、死んだのが、中井庄五郎一人だったということですか?」

「あくまでも推測です」

と、館長は、いった。

私は、また考え込んでしまった。


何故、中井庄五郎一人が、死んでしまったのか、分からなくなってしまった。

中井庄五郎は、人に頼まれて、長州藩士を斬った。

どんな気持ちだったのか?

その気持ちいかんで、中井庄五郎は、勤皇の志士にもなるし、テロリストにもなると、私は思った。

その答えが、見つからないまま、私は東京に帰った。

あと二日間、会社には休暇をもらっている。私は、こうして、今回の旅行で、考えたことをまとめ、できれば、一つの答えを、見つけたい。

それは――

ここで、日記は切れていた。

十津川は長い文章から眼を上げ、改めて、自分の足元に倒れている死体に眼をやった。

死体の名前は、梶本文也。三十五歳。独身だった。

梶本は、東京・中央区の会社に勤めるサラリーマンだが、別の名刺を見ると、アマチュアの歴史研究会に所属していたらしい。

今日、四月二十八日の早朝、梶本の住むマンションの管理人が、死体を発見して、一一〇番したのである。

司法解剖すれば、正確な死亡推定時刻が分かるだろうが、死体の硬直の状況から見て、前日、四月二十七日夜の十時から十二時の間に、鋭利な刃物で背後から、切りつけられたと考えられた。

「ナイフではなく、本物の刀で斬られたのでは」

と、十津川は、考えていた。

被害者の日記を読むと、なおさら、刀のように思えてくる。

ここは、三鷹市内の八階建てのマンションの五階、五〇一号室である。

管理人の勤務時間は、午前八時から午後五時まで。したがって、犯行は、管理人のいない時間に行われたと考えられる。

十津川は、もう一度、日記に眼を落とした。いかにも、アマチュアの歴史研究会の会員らしい日記だった。

十津川は、ふと考えた。

「この日記のために、梶本文也は、殺されたのだろうか？」

第二章　十津川村と明治維新

1

殺された梶本文也は、日記を残していた。その日記を読んでいるうちに、十津川は、今回の殺人事件と明治維新、そして、十津川村が関係していると思うようになった。

今のところ死因は不明だが、そのことと梶本文也の死とが関係あったとしても、決しておかしくはない。梶本文也は、十津川村と、十津川村の郷士で幕末に死んだ中井庄五郎という若者に大きな関心を持っていたことは、日記を読めばはっきり分かるからである。

そこで、十津川は、亀井(かめい)刑事と十津川村に行ってみることにした。

行き先は奈良県の十津川村だが、その前に梶本の日記にあった京都に行き、中井庄五郎の墓に参ることにした。

新幹線を京都駅で降りると、京都府警のパトカーが迎えに来てくれていた。京都を案内してくれたのは、以前、合同捜査で知り合った京都府警捜査一課の菅原(すがわら)という若い警部である。

「最近は、明治維新百五十年ということで、京都の町を歴史散歩する観光客が多くなりました。それに、西郷隆盛のドラマもありますから」

菅原警部が、笑顔で、いった。

「電話で申し上げましたが、明治維新百五十年のお祝いには、十津川村も、入っているんですか？」

　と、十津川が、きいた。

「そうですね。坂本龍馬の墓のそばに、中井庄五郎の墓があって、この人は、いったい誰なんだということで、わざわざ中井庄五郎の墓参りをする人も出てきました。それが十津川村に通じるわけです」

　と、菅原が、いった。

　彼がまず案内してくれたのは、東山区にある霊山護国神社である。梶本の日記にあったように、護国神社には坂本龍馬や中岡慎太郎の墓があり、そして、そのそばには中井庄五郎の墓もあった。ただ、ひっそりと建っているのではなくて、中井庄五郎のファンも増えてきたので、護国神社では特別に、中井庄五郎のことを書いたパンフレットやグッズなども売っていた。

「なかなか人気があるんですね」

　十津川が、社務所できくと、

「観光客の年齢層もあるんじゃないでしょうかね。以前の観光客は、坂本龍馬が京都で死んで、京都の護国神社にお墓がある。だから、拝んでいこうということでいらっしゃったのですが、最近は、歴史好きの若い人たちも増えて、どこかで聞いたんでしょうね、中井庄五郎のことを知りたいといって来られるんです」

　と、社務所の人が、いった。

　その後、菅原が案内してくれたのは、天満屋の史跡と、ビルの角に建つ、小さな中井庄五郎の碑だった。こちらのほうは、周りにビルが建っているので、町の中にひっそりと建っている感じだった。

誰が手向けたのか、花束がいくつも置かれ、周辺はきれいに掃き清められていた。

「今日は、これから十津川村に行かれるのでしょう？　それなら、このままご案内しますよ。十津川村は、交通の便が少し不便ですからね」

と、菅原が、いった。

十津川たちは、市内で昼食を取ってから、京都府警のパトカーで、十津川村まで送ってもらうことになった。

交通が不便なことは、十津川もよく知っていた。十津川村は、紀伊半島の真ん中にある。北からは京都、奈良を通って五条まで行き、そこからタクシーに乗ると、二時間以上もかかってしまう。

また、南の南紀白浜や新宮などから車に乗って北上しても、やはり同じように、二時間以上かかる。十津川村というのは、そうした地理にあるのである。

最近になって、奈良の五条から新宮まで行く、日本で最も長距離で、最も時間のかかる定期バスが走るようになった。しかしそのバスを使えば、十津川村までは、さらに多くの時間がかかるだろう。

たしかに、五条を出発してからは、山に分け入る感じの道路になった。バスもこの辺りは通っておらず、車の姿もほとんどない。

「昔なら、間違いなく陸の孤島といわれていたでしょうね」

と、菅原が、いった。

十津川村までの車中、菅原警部が、十津川村のことを話してくれた。十津川は、もっぱら聞き役である。

「これは、何かの本で読んだのですが、今でも十津川村の人たちは、自分たちの先祖は、神武天皇を大和に道案内した八咫烏だと思っているそうですね。本当なんですか？」

と、十津川が、きいた。

菅原は、笑って、

「そうですね、たとえ話なのでしょうが、本気で、八咫烏の子孫だと思っている村民もいますよ」

と、いった。

「それから、十津川村というのは、山と谷と川ばかりで、平地がないので米が穫れない。それで、昔は税金が、免除されていたというのは本当ですか？」

今度は、亀井刑事が、きいた。

村境にあるトンネルを抜けたところで、菅原がパトカーを停めた。そこには歌碑が建っていた。

　とんと十津川御赦免どころ
　　年貢いらずのつくりどり

と、大きな字で書かれていた。その辺の事情を菅原が、説明してくれた。

「壬申の乱の時、十津川村の郷士たちは、大海人皇子の加勢をしたんですよ。ご存じのように、壬申の乱は、大海人皇子が勝利して、その後、第四十代の天武天皇になっています。その時の戦功を称えて、お歌を賜り、合わせて年貢を納めなくてもいいというお沙汰があったのです。それで、千二百年後の、明治の地租改正まで、十津川村は税金のない村だったのです。そのことを謳った歌碑なんですよ、これは」

「江戸時代も年貢を納めなくてよかったのです

か？」

「何しろ江戸時代は、米が中心の時代です。土地を評価するにも何百石とか何千石とか、穫れるお米の量で数えていたわけですよ。しかし、十津川村には平地がありませんから、お米が全く穫れないのです。ですから、江戸時代も十津川村は、年貢を納めなくてもいいということになっていました。その代わりというわけで、十津川村の人たちは、何か事が起きると、お礼に時の天皇に味方して戦い、天皇のために働いてきたのです」

「十津川村の人たちは、強かったのですか？」

と、十津川が、きいた。

「耕地がありませんからね。十津川村には、農民というのは、いなかったのです。ほとんどが山で獣を獲る猟師だったので、弓とか槍の扱いがうまくなりましてね。自分たちを農民ではなく、郷士と、呼んでいたのです。農民と侍の間ですかね。明治維新の時も、京都の御所が危ないというので、ぜひ御所の警固に当たらせてくださいと、毎日のように嘆願していたようです。それが受け入れられて、幕末には十津川村の二〇〇人くらいの郷士が交代で、京都御所の警固に当たっていました。そのことは、十津川村の人たちにとって大変名誉なことで、誇りであったと思われます」

「当時の天皇は、孝明天皇でしょう？」

「ええ、そうです」

「孝明天皇が、十津川郷士の警固を喜んでおられたという話を聞いたのですが、本当ですか？」

と、亀井が、きいた。

「ええ、本当です。京都ではその頃、会津、長州、薩摩といった藩の藩士たちが、御所の警固に当たっていたのですが、その時、孝明天皇が『十津川郷士が守護に当たっている夜は、一番安心して寝られる』といわれたということで、十津川郷士は、面目を保ったわけです」

「十津川郷士は、そんなに強かったのですか？」

十津川が、きくと、菅原は、笑って、

「そういうことじゃないのです。どちらかといえば、村が貧しかったですからね。御所の警固に当たっても、会津や長州、薩摩の侍たちのように優秀な武器は持っていませんでした。鉄砲にしても、大藩の藩士たちは新式の銃を持っていましたが、十津川郷士たちは、依然として種子島でしたからね。戦闘力でいえば、大藩の藩士たちのほうが圧倒的に強かったのです。それなのに、孝明天皇が十津川郷士のことを誉めたのは、当時の御所は、魑魅魍魎があふれているといわれていましてね。守護に当たっている藩士たちや公家たちも勤皇、佐幕に分かれて暗躍をしていましたから、安心は、できなかったのです。会津藩と薩摩藩が、手を組んで、長州を追い落としたこともありますし、逆に長州と薩摩が手を組んで、会津を、追放しようとしたこともあります。それに合わせて、公家たちも勤皇、佐幕に分かれて、いろいろと企んでいましたから、孝明天皇は、ひと時も安心できなかった。十津川郷士の場合は、そうした考えはなくて、ひたすら天皇を守りたいという一念で、警固に当たっていましたから、それで孝明天皇は、安心されていたんですよ」

と、いった。

「しかし、戦闘力としても、十津川の郷士たちは、重要視されていたんじゃありませんか？　勤皇の勢力が、何かというと十津川の郷士を集合して戦ったというのを読んだことがあります」

と、十津川が、いった。

「それはその通りです。幕末から明治維新にかけてだけではなくて、南北朝の時代からです。十津川の郷士が日本の歴史に登場してくるのは、南北朝の時代からです。天皇家が南朝と北朝に分かれて戦った時代、その時代に、十津川の郷士たちは南朝方の後醍醐天皇やその皇子の護良親王側について、北朝の大将である足利尊氏と戦いました」

「楠木正成や新田義貞の側というわけですね？」

「そうです。ですから、十津川村ではその間、北朝側の年号は使わずに南朝方の年号を使っていたといわれています。とにかく、生まじめなんです」

「なぜ、南北朝の頃、南朝方に与して戦おうとしていたのでしょうか？」

「今、十津川村に行くのは時間がかかりますが、それは交通手段が悪いからですよ。しかし、南北朝の頃は、交通手段は馬か徒歩ですからね。その頃を考えれば、十津川村の位置というのは江戸とか薩摩に比べれば、はるかに京都に近いことが分かります。ですから、京都で戦いに敗れた天皇や親王は、京都に近い十津川村に逃げて来られた。それが、南朝の後醍醐天皇であり護良親王だった。十津川の人たちは、それをお守りし、御所を護った。それがたまたま南朝方だったということだと思います。もう一つ、十津川村の住民たちは、先ほどもいったように農民ではありませんからね。槍とか刀、あるいは弓などを使える郷士たちです。それに、動員できる数が多かった。農民だったら、田植えとか、稲刈りとか、動けない時がありますが、その点、十津川村では一〇〇〇人、あるいはそれ以上の郷士を集めて京都に送ることができたのです。例えば、京都の御所に藩士を集めていた会津とか長州とか薩摩の大藩だって、その数はせいぜい一〇〇〇人ぐらいです。それでも大兵力です。ですから、多くの勤皇の志士たちが十津川村に逃げてきたり、また、十津川村の郷士たちを集めて、王政復古をやろうとしたりしたのです」

「それに、十津川村の郷士たちが応じたわけですか？」

「とにかく、十津川の郷士たちは純粋でしたからね。天皇様のために戦いたい。その一念がありますから、時には騙されて、一〇〇〇人を集めて京都に進軍したりしているんです」

「南北朝の時代というと、かなり昔ですね」

「何しろ、楠木正成や足利尊氏の時代ですからね。結果的には、一時は足利尊氏に勝って後醍醐天皇は『建武の中興』を成し遂げるのですが、その後、足利氏に敗れて南朝は滅びます。しかし、それでも十津川村の人々は、南朝方の味方で、幕末になって京都の御所が危ないと聞くと、今もいったように、御所を守りたいといって嘆願するのですが、それを許されて二〇〇人が交代で、御所を守るようになります」

「幕末から明治維新にかけての、十津川郷士の動きを知りたいですね」

と、十津川が、いうと、菅原は、

「それは、十津川村に着いてから、向こうの人に聞いたほうがいいですよ。生々しい話が聞けると思いますからね」

と、いった。

十津川は、揺れるパトカーの中で、持ってきた十津川村の地図を広げた。とにかく日本で一番広い村なのである。そのため、地図の中で十津川村を五つに分けて紹介していた。

北から谷瀬(たにぜ)の吊り橋を中心とした地域、ダムを中心とした地域、村役場を中心とした地域、玉木山を中心とした地域、そして五番目は、十津川温泉を中心とした地域である。その広い地域に人々がバラバラに住んでいる。中には、数家族だけの集落もある。

そのため選挙になると、村全体を回って歩かなくてはならないので大変だという話を聞いたことがあった。

村に入っていくと、山と谷と川の村だということが実感として分かってくる。見渡す限り田畑がない。村の中心の村役場でさえ、駐車場は谷に張り出した鉄筋コンクリート上に作られていた。

パトカーを降りると、村役場の前に村民憲章という碑が建っている。亀井刑事が、それをカメラに収めた。

「私たちは歴史と伝統を大切にしましょう。
私たちは美しい自然を守りましょう。
私たちは郷土の文化を高めましょう。
私たちは豊かな人情を育てましょう。
私たちは仕事に誇りを持って働きましょう」

それが村民憲章だった。

「ちょっと古風で、律儀な感じですね」

と、亀井が、感想をいった。

村役場では、村のことに詳しい市橋(いちはし)という六十歳の職員を紹介された。

ここまで案内してくれた京都府警の菅原警部は、京都に帰ってしまい、村内のことは、市橋が、答えてくれることになった。

「今日はかけ流し温泉に入って、ゆっくりなさってください。明日、いろいろとご案内しますよ」

　市橋は、のんびりした口調で、いった。

　その後、村の車で、まず案内してくれたのは、十津川温泉だった。

　市橋が連れていってくれたのは、河川敷に作られた温泉と旅館、駐車場、ホテルが集まっている場所だった。ここも平地が少ないので、二つの川の合流地点に土を入れて造成したといわれている。

　一番大きなホテルスバルが十津川たちの宿となった。


　翌朝、十津川たちが食事をしていると、市橋が自家用の軽自動車で迎えにきてくれた。

「よく眠れましたか？」

　と、市橋が、きく。

「眠れましたよ。こんなに静かな朝を迎えたのは、生まれて初めてです」

　と、十津川が、いった。

「川の音がうるさかったのではありませんか？」

「いや、川の音しか聞こえませんでした。一つの音しか聞こえないというのは、静かなのと同じですよ。都会だとどうしてもいろいろな音が聞こえてきて、静けさにはならないのです」

　と、十津川が、いったが、今の気分をうまく説明できたかどうかは、あまり自信がなかった。

　ただ一言、東京とは違いますねといえば、済んでしまうのだろうが、それだけではどこか、この十津川村の雰囲気を表すことができないと思ったのである。

　市橋は笑っている。たぶん毎日毎日、こんな朝を迎えているのだろう。

　朝食を食べ終わって、ホテルを出る。朝霧が周

囲を押し包んでいた。その白い霧でさえ、十津川には素晴らしい贈り物なのだが、市橋は、面倒くさそうに手を振って、

「まもなく晴れますからね。それまで我慢してください」

と、いった。

十津川たちが、軽自動車に乗る。

「どこをご案内しましょうか」

と、きかれて、

「そうですね。十津川らしいところを見せてください」

と、亀井刑事が、いった。

「困ったな」

と、市橋が、笑う。

「どこもかしこも十津川らしいですからね」

「十津川村の人たちが、自分たちは神武天皇を道案内した八咫烏の子孫だと信じているという話を聞きました。そのことを知った時、十津川村の人たちは、天皇が好きなんだなと思ったんですよ。天皇のために戦うといった、そんな物騒なことではなくて、ひたすら天皇のことが好きなんだなと思いましたが、今でもそうですか？」

「そうですね。ずっとその気持ちでいましたから」

と、市橋が、いった。

「南北朝の頃も十津川村の人たちは、天皇のために、ひたすら働いていたように見えますね」

「そうですね。これまでの十津川の歴史で大きな出来事というと、神武天皇の話は別にして、南北朝の頃と、明治維新の頃の二つでしょうね。村の中を歩くと、その二つの事件の記念碑がいっぱいありますから、まずはそれからご案内しましょう」

と、いって、市橋は、アクセルを踏んだ。

　途端に車が揺れる。平地というものがないので、これから村の中を案内するといっても、まずは、坂を上がったり下ったりするのだ。

「南北朝というのは、応仁(おうにん)の乱のずっと前でしょう？　あの頃、日本中が南朝と北朝に分かれて戦いました。十津川は、南朝のほうだったのですか？」

「後醍醐天皇と、そのお子さんの護良親王のために戦ったんです。それが結果的に南朝方の味方ということになったのですが、そういう意識は、あまりなかったのではないかと思いますね」

「どうして、後醍醐天皇と、子供の護良親王のために、十津川村の郷士は戦ったのですか？」

　十津川が、きくと、

「そうですね。後醍醐天皇が、この十津川村を頼って京都からやって来られたから、一生懸命にお守りしたのです。護良親王も同じですよ。戦争があって、同じようにこの十津川村を頼ってこられた。だから、お匿(かくま)いして南朝のために御座所を作り、そして、南朝のために戦ったのです」

「では、北朝の天皇が京都から来られたら、十津川郷士は、その天皇のために戦いましたか？」

「ええ、おそらく戦ったと思いますね。この十津川村を頼ってこられたんですから」

　と、市橋が、いった。

「南朝、北朝というのがよく分からないのですが、南朝方というと楠木正成とか新田義貞ですよね？」

　と、亀井が、きく。

「そうですよ。地方の侍と呼ばれていた人たちです」

「それで、最初は楠木正成とか新田義貞が擁した後醍醐天皇が勝利したんじゃなかったですか？」

「そうです。後醍醐天皇が実権を握ったのです。そして、建武の中興と呼ばれる時代を迎えたのです。天皇の親政ですね。ただ、それが長く続かなくて、足利尊氏は九州に逃げていたのですが、力を盛り返してきて、京都に攻め込んできました。そして今度は、南朝方が負けました。後醍醐天皇が隠岐に流されたり、護良親王が、この十津川村に落ちのびてこられたので、今もいったように護良親王を匿い、小さくて粗末なものですが、その御座所を作って、十津川の郷士たちが全員でお守りしたのです」

そこまで話すと、市橋は車を停めた。

「ここが南帝陵です」

市橋が教えてくれたところは、墓一基と、それを囲む木の柵があるだけだった。普通の墓と少しも変わらない小ささである。

十津川村の人たちは、ここを昔から南帝陵、つまり、南朝の天皇の御陵だと名づけて、この先に神社を作って、毎年秋には盛大な祭りを執り行ってきたという。

「このお墓は、南朝の第九十八代、長慶天皇のお墓です。長慶天皇の頃は北朝の力が強くて、長慶天皇は、この十津川の村で北朝方のために命を奪われました。村の人たちが、この近くを流れる十津川の川底から長慶天皇の御印を発見してここに御陵を築き、神社を作って、毎年お祀りし続けてきたのです」

市橋は、何事もなかったかのように説明する。

「応仁の乱のずっと前でしょう？　その頃から延々とここで亡くなった南朝方の天皇のために、

お祀りを続けてきたというわけですか？」

「そうですよ。それに、南朝の年号を使って、北朝の年号は一切使いませんでした」

「どうしてですか？」

「どうしてですかね。自分でいうのはおかしいですが、十津川村の人たちは、たぶん律儀なんですよ。南朝方の後醍醐天皇や、その親王のために尽くすとなると、ずっと尽くすんです」

　たしかに南北朝は、その後、北朝方の勢いが強くなった。足利尊氏が作った足利幕府の強大な力の前に、南朝方が折れて、分かれていた南北朝時代が終わったのである。それは、十津川が高校時代に習った日本の歴史だった。

　しかし、ここでは、南朝方に尽くし続けていた人たちが、脈々と生きていたことになる。

　その後、市橋は村の中にある、南朝方と十津川郷士たちがいかに親しく、そして、十津川郷士たちが、いかに一生懸命に南朝方に尽くしたのかが分かる史跡を順番に案内していった。

　さまざまな南朝時代の史跡があったが、市橋が最も力を入れて十津川たちを案内したのは、護良親王の石碑だった。川の上流に建っているので途中で車を降り、そこまで歩いていった。

　市橋は、はっきりした声で、護良親王の石碑が建った理由を説明する。

「南北朝時代、大塔宮（だいとうのみや）護良親王は、北朝の圧力に押されて、近くの峠を越えて、十津川村に逃げてこられたのです。この先の峠です。そして、疲れてウトウトされた。そして眼を覚まされてから、自分の境遇を嘆かれて歌を詠まれた。それが、この歌碑です」

　そういって、市橋は、その歌をいい声で聞かせてくれた。

琵琶の音も昔にかえてものすごし
　葦洒瀬川の瀬々の水音

「十津川の郷士たちは、勤皇の志も強かったので、護良親王の歌を石に刻んで、ここに石碑を建てたのです。安政四年です」

その石碑を作った年代も、市橋は、きちんと覚えていた。

楠木正勝の墓もあった。十津川は、楠木正成の名前は知っていたが、孫の楠木正勝という名前は聞いたことがなかった。

しかし、十津川村の郷士たちは、南朝に味方し、楠木正成や新田義貞らとともに戦ったのだから、楠木正成の子孫の墓があってもおかしくはないのだ。これも市橋が説明してくれた。

十津川も亀井も、楠木正勝の名前は知らないというと、市橋は、微笑して、

「そうですね。楠木正勝公は、虚無僧の元祖といわれているのです。ですから、毎年の記念日になると、全国から虚無僧たちが集まってきますよ」

と、教えてくれた。

結局、護良親王は、戦に敗れ鎌倉に幽閉され、そこで亡くなるのだが、十津川村の人たちは、親王に対する忠誠を捨てなかった。

その後に「黒木御所跡」という石碑を建てて、今も、その石碑を守っている。

今から六百年以上も前の話である。気の遠くなる昔である。

一つの村が、自分たちの守った後醍醐天皇や、その第三皇子のために石碑を作り、毎年それを祀

り、今日まで延々と続けてきた歴史である。

十津川は、その息の長さに感嘆した。

ただ、その御所跡の石碑のある場所も、谷瀬の吊り橋の近くで、車では行くことができない。都会から来た十津川には、歩いていくのが、大変だった。

南北朝時代の記念碑は、厳かなものばかりではなく、滑稽なものもあって、その一つを市橋が紹介してくれた。

昔、川が流れていたが、今、その川が干上がってしまい、河原になってしまったところに史跡「腰抜田」の石碑が建っている。

「南北朝の頃ですよ。ここには田んぼがありました。京都から護良親王が逃げてこられて、ここに差しかかった時に役人から錦の御旗を渡さなければ、ここを通さないといわれて、護良親王は仕方なく、錦の御旗を役人に渡したのです。その後、親王のお付きの武将が追いついてきましてね。その錦の御旗を見て怒り出して、役人をその河原に投げ飛ばしました。投げられた役人のほうは、腰を抜かしてしまったので、この名前があります」

市橋は、笑いながら説明した。

その後、一休みしてから、

「十津川村が自慢できるのは、今ご案内した南北朝の史跡と、これからご案内する明治維新の時の史跡です」

と、市橋が、いった。

十津川は、ホテルで作ってもらった握り飯を食べながら、市橋の話を聞いた。

「幕末から明治維新にかけて、十津川村の人たちは、自分たちのことを十津川郷士と呼んでいるのですが、彼らは、京都の騒乱を心配して、上洛して孝明天皇を、お守りしたいと、何回も願い出てやっと御所を守る役目を仰せつかって、大喜びしました。ただ、十津川村の人たちは根が単純ですから、騙されたり、早合点したりして、その頃は、いろいろとひどい目にも遭っています。つまり、幕末から明治維新にかけては、十津川郷士にとっては、勤皇の歴史でもあり、失敗の歴史でもあるのです」

と、市橋が、いう。

「勤皇一筋に働いていたのなら、失敗ということはないのではありませんか？」

と、十津川が、いうと、市橋は、

「一見そう見えるかもしれませんが、そうでもないのです。最大の失敗である天誅組(てんちゅうぐみ)の話を聞いてもらいます」

と、いった。

十津川も、天誅組という名前は知っていた。だが、その天誅組の真相は知らなかったし、この十津川村が関係していることも知らなかった。

「一八五〇年代、嘉永(かえい)とか安政の時代です。その頃になると幕府の力も弱くなりますし、アメリカ、フランス、イギリス、ロシアなどの艦隊が、通商を求めて、日本にやって来ます。しかし、力の弱くなった幕府には、打ち払うこともできないが、同時に通商条約を、結ぶこともできません。当時の孝明天皇は、大の外国嫌いですから、幕府に向かって、やって来た黒船は全て打ち払ってしまえと命じました。攘夷(じょうい)です。ですが、幕府には、それができないのです。外国の艦隊と戦ったら、負けるに、決まっていますからね。各藩に、勤皇の志士が現れて、脱藩して京都に、集まってきます。彼らが叫んだのは、尊皇攘夷です。つまり、天皇をいただいて、外国船を打ち払おうということなのですが、冷静に考えれば、これだってうまくいく筈がありません。その上、彼らは脱藩して、京都に来ているので、個人的には魅力のある勤皇の志士なのですが、力はありません。そこで眼をつけたのが、京都に近い十津川の郷士です。昔から勤皇の志が強いし、何しろ命令すれば、一〇〇〇人から一五〇〇人もの郷士がすぐ集まって、戦闘集団ができるのですからね。そこで、脱藩した勤皇の志士たちはどうしたか？　全員が十津川村にやって来て、十津川の人々を駆り立てたんですよ。一種のアジテーターですかね。日本は、大変なことになっている。それなのに、幕府は何もできない。だから、全員で上洛して、天皇を担ぎ、外国船を打ち払おうではないかと、檄（げき）を飛ばしたんです。その時に彼らが使ったのが『太平記』という軍記物だったといわれています。『太平記』は、南北朝の時代の戦闘の話ですが、そこには当然、南朝に味方した十津川郷士たちが出てきます。その頃、十津川村では、その『太平記』がベストセラーになって、十津川の若者たちは争うようにして、その本を読んだといわれています。つまり、勤皇の志士たちの檄が成功したんです。アジテーターの中には、有名な人として、梅田雲浜（うめだうんぴん）がいました。雲浜は若狭小浜（わかさおばま）藩の脱藩者で、いち早く十津川村に眼をつけ、京都からやって来て、盛んに十津川郷士の若者たちをアジっていたわけです。

しかし、それが一時的に大敗します。

というのは、井伊直弼（いいなおすけ）が大老職に就き、安政の大獄が始まるからです。とにかく、勤皇の志士たちや勤皇を叫ぶ水戸（みと）藩や長州藩、あるいは薩摩藩の藩士たちを次々に押さえつけ、志士たちを投獄していったのです。勤皇の志士たちの中には、佐久間象山（さくましょうざん）とか吉田松陰（よしだしょういん）とかがいたわけですよ。今いったアジテーターの梅田雲浜も、この安政の大獄で逮捕され死んでいます。

　それで、一時的に尊王攘夷の声は鎮まったのですが、その後、水戸・薩摩の浪士らが桜田門外で井伊大老を殺害します。途端に、今度は勤皇の志士と呼ばれる人たちが、逆に幕府方の、いわゆる佐幕派の人たちを次々に襲います。特に京都では、その惨劇が多かった。これが、いわゆる天誅騒ぎです。要するに、『天誅』と叫んで、勤皇の志士たちが幕府の味方をする人たちを殺していくのです。そのため、京都の町は、血なまぐさい騒乱の町に変わってしまったのです。その頃は、殺しを請け負うような有名な勤皇の志士も生まれました。いわば殺し屋のような人間が、出てくるわけですよ。肥後（ひご）の河上彦斎（かわかみげんさい）、薩摩の田中新兵衛、土佐の岡田以蔵、いってみればテロ集団です。時代から見れば勤皇のために戦った侍ということができますが、こうしたテロの嵐は、当時京都に吹きすさんでいて、文久元年から三年まで（一八六一〜六三年）に九七件の殺人があり、元治元年（一八六四年）は三八件、慶応元年から三年まで（一八六五〜六七年）が二六件、合計一六一件のテロが、京都では発生しているのです」

「つまり、その頃は、安政の大獄で息を潜めていた勤皇の志士たちが、天誅騒ぎで一斉に動き出したということですか？」

「そうもいえますね。勤皇の志士たち、そのほとんどが脱藩者です。文久三年に天誅組の変を起こすのですが、この一八六三年という年は、十津川村にとっても、いろいろなことが起きているのです。その頃、十津川郷士たちは京都の御所の警固を任されて、二〇〇人くらいが、上洛していきますが、もう一人、忘れてはいけない十津川村出身の人がいるのです。上平主税という人で、勤皇の志士として十津川村では、知られていますが、全国的になると、さほど有名というわけではありません。上平主税は、いわば十津川村の代表としてほかの藩と連絡を取ったりしていたわけですが、この人が、中井庄五郎を連れて、京都御所の守護のために京都に出向いています。それが一八六三年で、中井庄五郎は、初めての京都でこの時、十七歳でした」

「十七歳ですか」

亀井刑事が、小さくつぶやいた。

市橋は構わずに、話を続けた。

「何しろ十七歳ですからね。日本で今、何が起きているのかとか、十津川郷士は何をしたらいいのかとか、そういうことは何も分かっていなかったと思うのです。とにかく初めて都に上ってきたわけです。そして、この年、勤皇の志士が、天誅組を旗揚げします。その背後には、京都の守護に当たっていた長州藩がついていた、というより長州藩が先導したといったほうが、いいかもしれません。首謀者は脱藩の勤皇の志士で、今もいったように、背後には、長州藩がついていました。彼らは、十津川郷士にも、呼びかけました。そこで、十津川の郷士一五〇〇人が一斉に立ち上がって、天誅組に加担するのです。それが文久三年の八月十六日です。意気揚々として、十津川藩の一五〇〇人は、京都に向かって行進し、京都と十津川村の間にある徳川幕府の五條代官所を攻撃するのです。それが十七日です。ところが、翌八月十八日、突然、京都で薩摩藩と会津藩が手を組んで、長州藩を追放してしまうのです。長州藩は抵抗して戦いましたが、会津藩と薩摩藩の連合軍にはかないません。長州藩は、京都から撤退していきます。これが八・一八の変と呼ばれるわけです。長州藩に加担して、天誅組の蜂起に力を貸した京都御所の公家たちも、追放されて、長州に落ちのびていきます。一番バカを見たのは、勤皇の志士たちの呼びかけに応じて天誅組に加担して、五條代官所を攻撃した十津川郷士一五〇〇人です。自分たちは、勤皇方と思っていたのに、突然、その後援者の長州藩が京都を追われて、長州に落ちていってしまったんですから。今度は、天誅組が賊軍になってしまいました。当然、天誅組は、京都周辺の各藩の軍勢に攻撃されて蜂起は失敗。首謀者は、次々に逮捕されて処刑されていきました。十津川村でも何人もの郷士が逮捕されるか、自分で腹を切って死にました。幸いなことに、京都御所の守りに当たっていた二〇〇人は、この難を逃れました。天誅組に加担していなかったからです。十津川郷士の代表である上平主税も、彼に連れられて京都に来ていた十七歳の中井庄五郎も、この難を逃れましたが、しかし、しばらくは十津川郷士たちも評判を落とし、元気がなかったといわれています」

2

「その後、十津川郷士は、どうなったのですか?」

「幸い、上平主税たちの尽力で、天誅組に加担した一五〇〇人は、天誅組から抜けることに成功しました。もちろん、その間、首謀者たちは何人も自刃しているわけですが、その間でも京都御所の守りには、常時、二〇〇人から三〇〇人の十津川郷士が京都に詰めていました。その人たちを、京都の薩摩屋敷に招いて、歓待したのが、西郷隆盛です」

「どうして歓待したんですか？　人数は多いものの、薩摩や長州、会津などの大藩に比べれば、それほどの力は、なかったわけでしょう？」

と、亀井が、いった。

「その通りですが、西郷隆盛には、ある計画があったのではないかと思われます」

「どんな計画ですか？」

「西郷隆盛は、会津を滅ぼさなくてはならない。その背後にある徳川幕府を滅ぼさなくては、新しい日本は生まれない、と考えていました。当時、京都には孝明天皇がいたのですが、孝明天皇自身は長州や薩摩が嫌いで、むしろ徳川幕府が好きでした。したがって、孝明天皇が考えていたのは公武合体です。朝廷と幕府が手を組んで、新しい日本を作るということです。西郷隆盛は当然、それには、反対でした。ですから、何とかして徳川幕府を、攻め滅ぼしたい。しかし、この時代は、まだ、薩摩が事を起こすことは難しかった。そこで、十津川郷士たちを頻繁に、薩摩屋敷に招待してはもてなし、その十津川郷士たちを使って、京都や江戸で騒ぎを起こさせる。それを理由にして、薩摩が乗り出していって、幕府を滅ぼしてしまう。そういう計画だったのでしょう。その後、江戸や京都、あるいは横浜で騒ぎが起こっています。これは全てとはいいませんが、西郷隆盛が計画し、各藩の浪人や十津川郷士たちを使って起こした騒ぎだと、思っています。ただ、薩摩藩邸に呼ばれて、薩摩藩の藩士やあるいは脱藩した勤皇の志士たちと話を交わすことに、十津川郷士の上平主税や中井庄五郎も、喜んでいたのです。何しろ、日本中の動きが分かるし、世界の動きも教えてもらえるからです。上平主税も中井庄五郎も、薩摩藩士や各藩の勤皇の志士たちと親しくなっていったのです。そういう中で、土佐の坂本龍馬や中岡慎太郎、あるいは長州藩の藩士たちとも親しくなっていったわけです」

「しかし、西郷隆盛は、後になってから十津川郷士たちを利用したわけでしょう？　そのことに上平主税や中井庄五郎は、気がつかなかったんですかね」

と、十津川が、きいた。

「中井庄五郎は分かりません。何しろ、まだ十代でしたから、ただ剣が強いだけの若者だったのかもしれません。上平主税のほうは、すでにその頃三十代で、十津川村では珍しい医者でしたから、世界の情勢にも通じていたし、薩摩藩や長州藩が何を考えているかは、薄々気がついていたと思いますね。それでも薩摩の西郷隆盛たちと喧嘩をしたという話は、全く聞こえてきません。喜んで薩摩藩邸に通っていたようです」

「それはなぜですか？」

「一言でいえば、十津川の貧しさだと思います」

と、市橋が、いった。

「よく分かりませんが」

「十津川の郷士たちは、自ら嘆願して、京都の御所の守りを引き受けていました。その頃は、長州藩も戻ってきていて、京都の守りを担っていたのは会津、長州、薩摩、そして、十津川郷士だったのです。十津川は貧しいので、純粋なのはいいのですが、その武装がいかにも、貧弱だったといわれています。何しろ、京都御所の守衛ですからね。当然、守りに当たる侍たちも最新の武器が必要なわけです。会津や長州、薩摩など大藩の侍たちは、立派な武器を身につけ、特に最新の銃を持って警固に当たっていました。ところが、貧しい十津川では、そんな新しい銃は買えません。鎧なんかも古いものでした。銃に至っては種子島だったといわれています。代表の上平主税にしてみれば、自分たちの武装が貧弱なことが、口惜しくてたまらない。しかし、金が無い。そこで、薩摩に、何とかしてほしいと嘆願したのですよ。しかし、薩摩も、新しい銃などは、十津川郷士になかなか持たせてくれない。それで、薩摩藩の内情も知りたくて、しきりに、薩摩の藩邸に行っていたといわれています。薩摩のほうも、西郷隆盛の計画がありましたから、少しずつ新しい武具や銃を十津川郷士に用意してくれています。そんなこともあって、京都の薩摩藩邸は、西郷隆盛たちと、脱藩した勤皇の志士たち、十津川郷士たちの、集まりの場になっていたわけです。だから、薩摩藩邸には、坂本龍馬や中岡慎太郎たち土佐の浪人も来ていて、十津川郷士の、上平主税や中井庄五郎とも親しくなっていったといいます。中でも若い中井庄五郎は、土佐藩の浪人、坂本龍馬とも親しくなったといわれます」

「しかし、中井庄五郎は、まだ十代の若さでしょう？　勤皇の浪士や、西郷隆盛と会って、いったい何を学んでいたんでしょうか？」

と、十津川が、きいた。

「明治維新に活躍した十津川郷士というと、どうしても二十代の後半から三十代の上平主税とか、何人かが有名ですが、十代の中井庄五郎については、彼が何をしていたのかが、あまり分かっていないのです。ただ、当時、土佐藩出身の那須盛馬（片岡源馬）という侍がいました。脱藩して京都で動いていたのですが、一時、新撰組に狙われて、十津川村に逃げてきていました。そこで、京都から帰ってきていた中井庄五郎と、知り合い、親しくなった。二人とも若いし、腕に自信がありましたからね。二人で上洛するわけです。中井庄五郎は、十八歳頃だと思いますね。京都に上ると、先ほどもいったように、京都は動乱の巷です。勤皇の志士が暴れ、新撰組がそれをかき回す。そんな京都でしたが、中井庄五郎と那須盛馬の二人は若いし、腕が立つので、夜な夜な飲んでは京都四条の辺りを酔っぱらって大手を振って歩いていたそうです。慶応元年三月に三人連れの浪士とぶつかって、喧嘩になりました。その時の相手は、新撰組の沖田総司、斎藤一、永倉新八の三人だったといわれています。三人とも腕の立つ侍ですよ。喧嘩になり、簡単にいえば、チャンチャンバラバラが始まったんです。那須盛馬のほうは、左肩と左足を斬られて逃げ出したといわれていますが、それも仕方がないことだったと思いますね。何しろ、三対二で相手のほうが多いし、沖田総司、斎藤一、永倉新八ですからね。しかし、中井庄五郎が逃げたという話はありません。それに、傷を負ったという話も聞いていません。ですから、結構対等に斬り合ったのではないかと思いますね。

　もう一つは、中井庄五郎が、殺しを頼まれたという話があります。これもたぶん、京都の薩摩藩邸で親しくなったと思うのですが、長州藩士の品川弥二郎に頼まれて人殺しをしているのです。品川弥二郎は、勤皇の志士としても有名ですが、同じ長州藩の村岡伊助の殺害を依頼されて、実行しています。なぜ、品川弥二郎が、中井庄五郎に殺しを依頼したのかは分かりませんが、その頃は、中井庄五郎が、居合の達人で、一人ぐらいは平気で殺すと知られていたからではないかと思うのですよ。京都四条での新撰組三人との武勇伝も品川弥二郎は知っていたのかもしれません」

「どうして引き受けたりしたんですかね？」

「確かなことは分かりません。たぶん、まだ二十歳前後の血気はやる時分で、腕に自信があったし、おだてられたんじゃないですかね？　十津川郷士は天皇さんが好きで、つねに、王政復古を願っていましたから、そのためになることだといわれて、引き受けたのではないかと思うのです」

「そして成功した？」

「そうです。ただ単に殺しただけではありません。殺した村岡伊助の懐から、幕府方に通じている密書を手に入れたので、中井庄五郎は、そのお礼として、品川弥二郎の長州藩侯から、刀一振りを贈られています」

「たしか、中井庄五郎は、坂本龍馬から刀をもらっていたのではありませんか？」

「そうです。坂本龍馬とも親しくなり、刀二振りをもらっています。その刀は、村役場の前にある資料館に飾られています」

「不思議に思うのですが、どうして、どちらからも刀をもらっているのですか？」

と、十津川が、きくと、亀井も、

「なぜ、坂本龍馬も長州藩も、刀を贈ったのでしょうか？　だって、中井自身、もともと刀は、持っていたわけでしょう？」

と、きいた。

「その辺のところは、当時者ではないので分かりませんが、坂本龍馬にしても長州藩にしても、中井庄五郎には、刀が一番似合うと思ったのではありませんか」

と、市橋が、いった。

3

この後、二人は、村役場の前にある歴史民俗資料館に案内された。そこでの売り物は、何といっても、中井庄五郎が坂本龍馬からもらったという刀二振りである。

その後、十津川たちは、中井庄五郎の生地にも案内してもらった。国道沿いのダムの近くに大きな石碑が建っていた。

「明治維新の志士　正五位　中井庄五郎生誕之地」

と書かれている。

「今、中井庄五郎は、十津川村一番の有名人じゃありませんか？」

と、十津川が、いった。

市橋は、苦笑して、

「ほかにも十津川村出身の偉人が何人もいるんですが、中井庄五郎は、若者の間で圧倒的な人気がありますね」

と、いった。

「ここには、勤皇の志士と書いてありますね。しかし、彼はあまりにも若くして死んでしまった。したがって、坂本龍馬とか、高杉晋作（たかすぎしんさく）とか、あるいは西郷隆盛みたいに、明治維新に、貢献したという話は、ほとんど聞きませんね」

十津川が、遠慮なく、いった。どうしても、中井庄五郎は、何者なのか、それを何とかして確認したかった。そのことが、どこかで、梶本文也の死とつながっているのではないかと、思ったからである。

「たしかに二十一歳で死んでいますが、波瀾（はらん）の一生ですよ。生き方も死に方も壮絶でしたから。坂本龍馬の仇を討とうとして、新撰組をつけ狙い、彼らの集まりに斬り込んでいって、それで死んでしまったんです」

「どうして、中井庄五郎は、坂本龍馬を斬ったのは新撰組だと思っていたのでしょうか？」

と、十津川がきいた。

「当時は、坂本龍馬を斬ったのは、新撰組だと、信じられていたからじゃないですかね」

と、市橋が、いう。

「どうも、その辺が、違うんじゃないかと、私は、思うんですが」

納得できない十津川が、いったが、別に何の根拠があるわけではなかった。

4

この後、十津川たちは、現在の十津川村を案内してもらった。改めて、その眼で村の中を回ってみると、驚いたことに、十津川村は新しい事物でも、あふれていた。

第一は、谷瀬の吊り橋だろう。現在は、日本では第二位になってしまったが、かつては、日本第一の長さを誇る吊り橋だった。

長さ二九七メートルの吊り橋は今でも有名で、元来生活のための、吊り橋なのだが、今は観光用の橋になっている。そのためか、近くには、駐車場もあるし、休憩所もある。

その吊り橋と反対に、真っ赤に塗られた最新式の陸橋もあった。そのほか、昔の人々は山の峰を伝っていったのだろうが、今では、近代的なトンネルが、各所にできていた。

さらに、やたらに多いのが、水力発電所だった。一つ一つの規模は小さいが、丘陵など自然の高低差を利用して各所に発電所が設けられていた。

そして、温泉である。

「いってみれば、全て現代の象徴じゃありませんか」

と、十津川は、感心して、いった。

村役場に行って、村長に話すと、相手は、苦笑して、

「そうなんですが、東京や大阪、京都などからもっと早く、来られるようになれば、全て、観光資源になるのですがね」

と、いった。

十津川たちは、十津川温泉の中にあるホテルに、もう一泊することにした。

相変わらず静かで、川の音しか聞こえてこない。並んで温泉に浸かりながら、亀井が、いった。

「中井庄五郎は、いったい何をやったのか、どんな人間だったのか、そこがよく分かりませんね」

「私も、それをぜひ知りたいんだ。わずか二十一歳で死んでいるから、経歴は短い。しかし、波瀾万丈の生涯だったと思うよ。若者に人気があるのも当然だろう。やたらと強かったようだからね」

「しかし、京都にいたり、時々、郷里の十津川村に帰ってきたりしていたわけでしょう？　そして京都では、那須盛馬という若い浪人と二人で酔っ

ぱらって、京都の四条通りを歩いて、新撰組と喧嘩をした。そう教えられましたけどね。しかし、御所の守りをしていたわけでしょう？　それなのに、酔っぱらって町を歩いていて喧嘩をするというのは、どういうことなのか、私には、よく分からないのですが」

と、亀井が、いった。

「市橋さんもいってたが、若くて血気盛んだったんだよ。その上、日本中が揺れていた。特に京都は、その中心だった。毎日のように斬り合いがあり、勤皇だ、佐幕だといって侍たちが争っていた。剣の達人で、しかも十代の若者が、そんな巷に放り出されたら、いったいどうするだろう？　何とか、その騒乱に自分も参加したい。そして、京都で腕をさらに磨きたい。御所の警固のない時に、酔っぱらって歩いていたとしてもおかしくないだろう。何かをやろうとしても何をしたらいいのかが分からない。だから、喧嘩もしたし、長州藩の品川弥二郎に頼まれて人殺しまで引き受けた。たぶん、鬱々としたものが中井庄五郎の若い体に流れていたんだと思うね」

と、十津川が、いった。

翌日、市橋に会うと、十津川は、まずきいた。

「私たちは明治維新というと、どうしても、坂本龍馬とか西郷隆盛とかを、考えてしまうのですが、明治維新の時に、この十津川村と関係した英雄として、第一に、名前が出てくるのは誰ですか？」

「十津川と関係のある人ですか？」

「そうです」

「そうですね。第一に思い浮かぶのは、孝明天皇かな」

と、市橋が、いった。

その名前は、十津川にとって、意外だった。たぶん、中井庄五郎の関係で坂本龍馬の名前が第一に挙げられるだろうと考えていたからだった。

「なぜ、孝明天皇なんですか？」

と、十津川が、きいた。

「昨日もお話ししましたが、十津川郷士は、とにかく、京都に上って天皇をお守りしたいと願っていました。その時の天皇が孝明天皇です。当時、京都には長州、薩摩、会津の軍勢が京都の守護に当たっていました。しかし、彼らは、何とかして孝明天皇を利用しようとしていた。その点、純粋に京都と孝明天皇をお守りしようと考えていたのは、十津川郷士だけですよ。ですから、孝明天皇は、誰よりも十津川郷士のことを信用していらっしゃいました。十津川郷士は、いつまでも孝明天皇をお守りして、その無事を祈っていた。ところが、突然、孝明天皇は亡くなってしまったのです。あの頃、誰もかれもが、孝明天皇は暗殺されたと思っていました」

「誰が暗殺したんですか？」

「孝明天皇は、朝廷と幕府との公武合体を願っていましたからね。ところが、薩摩や長州は、何としても徳川幕府を倒そうと考えていました。彼らにとって、孝明天皇は邪魔な存在だったわけですよ」

「邪魔な存在だから、天皇を殺したのですか？」

「天皇崩御の知らせを受けた時、十津川郷士の誰もが孝明天皇は毒殺されたと思い、毒殺した犯人は、薩摩の大久保利通と公家の岩倉具視だと信じたといわれています」

「岩倉具視といったら、お公家さんでしょう？

本来、天皇に仕えるはずのお公家さんが、天皇を殺したのですか？」

「岩倉具視は、明治維新における最大の曲者ですよ。今でも孝明天皇は毒殺され、今いったように岩倉と大久保が犯人だという人が多いのです。孝明天皇は、薩長よりも徳川幕府のほうが好きだった。徳川幕府を倒すよりは、天皇と幕府で手を組んで、日本を再生しようと考えていた。だから、薩摩、長州にとって孝明天皇は、邪魔な存在だったんです。このあと若い十五歳の明治天皇が位につけば、自分たちの思うようになりますからね」

と、市橋は、続けて、

「あの時、日本で一番孝明天皇の死を悲しんだのは、この十津川村の郷士たちだった。私は、今でもそう信じていますし、孝明天皇が三十代の若さで死ななければ、明治維新は、もっと緩やかに、多くの人が死なずに成立したと信じているのです」

「二番目は誰ですか？」

と、亀井が、きいた。

「やはり坂本龍馬ですか？」

と、十津川が続けてきいた。

「そうですね。今の若い人たちは、十津川郷士たちの明治維新を考えると、坂本龍馬と、彼と仲がよかったといわれる中井庄五郎の名前を出しますからね」

「しかし、中井庄五郎は、坂本龍馬に可愛がられていて、刀二振りを贈られたわけでしょう？　しかし、中井庄五郎は、坂本龍馬のためになにをしたんですかね」

と、十津川が、再度、質問した。どうしても、そこが分からないのだ。

市橋は、少し考えてから、

「私はたぶん、坂本龍馬のガード役をやっていたのではないかと思うのです」

と、いった。

「ガード役ですか？」

「そうです。同じ土佐藩の岡田以蔵が有名ですが、私は、坂本龍馬の場合は、中井庄五郎だったと思っているのです。庄五郎は坂本龍馬のことを尊敬していた。だから、自分を犠牲にしてもいいと考えて、坂本龍馬の護衛をしていたのではないか。実際に、龍馬を援けたことがあって、龍馬は、感謝を込めて、彼に刀を贈ったのだと思いますね。今後もこの刀で私を守ってくれ。たぶん、そういったのではないかと、思うのです」

「ほかにも坂本龍馬の護衛をしていたという証拠はありますか？」

「坂本龍馬は近江屋で殺されるんですけど、有名な話として、その時、犯人が十津川の者ですといったので、龍馬は安心して犯人を二階に上げたといわれていますが、冷静に考えてみると、坂本龍馬は、いつも命を狙われていたわけですよね？　だから、十津川の者ですといっただけで、安心して二階に通すものでしょうか？　逆に警戒するんじゃないかと思うんですけど」

「そうすると、十津川の者ですといったので、それで安心して、龍馬が犯人を二階に上げたというのは間違いというわけですか？」

「そうです。たぶん、十津川の庄五郎ですといったんじゃないですかね。だから、犯人は中井庄五郎が坂本龍馬の護衛をしていることを知っていた。また、一方、坂本龍馬は、自分を護衛してくれている庄五郎に感謝して刀を贈るような人間ですから、十津川村の者ですというだけでは信用しなか

十津川は、じっと、聞いていたが、

「中井庄五郎は、本当に、坂本龍馬を殺したのは、新撰組だと信じていたんでしょうか？」

と、きいた。

「十津川村の中井庄五郎ですという言葉で完全に信じて二階に上げたのではないかと思うのです」

「しかし、私が聞いている話の範囲では、犯人は、十津川の者ですとだけしかいっていなかったと、そう聞いていますが」

「いや、私は、今もいったように中井庄五郎と名乗ったんだと思うのです。だから信用した。しかし、そのことに中井庄五郎自身は、激怒したんじゃないかと思うのです。自分の名前が龍馬殺しに使われたということで、だから、ほかの人たちは、遠慮して、犯人は、十津川の者ですとしかいわなかったと証言したのだと考えます。庄五郎は、また、自分の名前が使われたことに腹を立て、仇を討とうとして、新撰組をつけ狙ったのです」

と、市橋が、いった。

第三章「奇は貴なり」

1

十津川はもう一日、十津川村が自慢の温泉付きのホテルに泊まることにした。

朝、十津川が、亀井と二人、食堂に出ていくと、数人の若者が食事をしていた。東京から来たという若者たちだった。これから車で南紀白浜に出て、その後、東京に、帰るのだといった。少しずつ観光客が増えているということだろう。

十津川には、この村でもう一度、行ってみたいところがいくつかあった。その一つが、中井庄五郎の記念碑である。はずせない急務ができた市橋とは別れ、ホテルの人に改めて場所をきいた。風屋ダムというのがあり、その近くだという。

十津川は、村営バスに乗って、その場所まで、送ってもらうことにした。

風屋ダムに溜まった水を発電所まで運ぶための水路が作られている。巨大な円筒形の水路橋であった。直径四・二メートルの橋の見える場所に、昔ながらの小さな集落がある。そこが、中井庄五郎の生地だった。

案内してくれた人が、

「今も昔と同じ小さな集落ですよ」

と、いった。

その小さな集落に、中井庄五郎生誕の大きな記念碑が建っている。十津川は、その記念碑に、刻まれた文字を読んだ。

明治維新の志士　正五位　中井庄五郎生誕之地
中井庄五郎は幕末ここ野尻に生まれ　居合の達人であった
若くして京都御所の守衛に当り多くの志士と交わる
坂本龍馬とは親交があり　龍馬暗殺されるやその敵をとらんとして　天満屋にいた新撰組に切りこみ果てた　時に二十一歳であった

これが四行で刻まれている。

「少しばかり悲しくなってきたね」

十津川が、亀井に、いった。

「どこがですか？」

と、亀井が、きく。

「たった四行だよ。四行で中井庄五郎の誕生から死ぬまでが分かってしまう。それが悲しいんだ」

「二十一歳で死んだんだから、仕方がないでしょう」

亀井が、いかにも、彼らしいいい方をした。

その後、村長に挨拶しようとして、村役場に回ってみると、役場の周囲が、慌ただしかった。地元十津川村の警察署の刑事も来ている。その刑事の一人に、

「どうしたんですか？」

と、きくと、

「昨夜、歴史民俗資料館に賊が入りましてね。坂本龍馬から贈られた刀二本が盗まれたのです」

と、いう。

村長に会って、詳しく話を聞くと、村長は、そ

れほど、慌ててはいなかった。

「大変なことになりましたが、あの刀については、中井庄五郎に、坂本龍馬が与えた二振りの刀ということで有名になっていますから、盗んだ犯人も、あの刀を、売ることはできないでしょう。その点は安心しています」

と、村長が、いった。

「たしか赤鞘(あかざや)の刀でしたね？」

と、十津川が、きいた。

「ええ、そうなんですよ。幕末の騒乱の頃、腕に自信のある侍は、わざと赤鞘の刀を差して、京都の街を闊歩(かっぽ)したといわれています。おそらく中井庄五郎も、赤鞘の刀が気に入っていたのではないかと思いますね」

と、村長が、いった。

その時、村長の机の上の電話が鳴った。一瞬の緊張が走る。

村長が、受話器を取った。

相手が誰かは分からなかったが、村長が突然、

「何でもいいから、すぐに、その刀を返しなさい」

と、大きな声でいったので、周りの人たちは、一斉に、村長の顔を見た。

電話の相手が、歴史民俗資料館から、坂本龍馬が中井庄五郎に与えた刀二振りを盗んだ犯人だと確信したからだろう。

十津川村の警察署の署長も、じろりと村長を見ている。

逆探知機を村長の電話に接続しておいた刑事が、スイッチを入れた。その後、二、三分の間、電話が、繋(つな)がっていたが、電話が切れた後、犯人と思われる男との会話が再生された。

「私は、十津川郷士、中井庄五郎という青年剣士が好きなんだ」

と、若い男の声が、いう。

「とにかく盗んだ刀二振りを、すぐに返しなさい。君が持っていても仕方がないものなんだから」

と、村長が、いっている。

「私は今もいったように、中井庄五郎のことを尊敬している。だから、彼に関するものなら何でも、集めたいんだ。第一に欲しいのは刀だ。中井庄五郎が若くして居合の達人だったというから、彼の刀が欲しい。そこでまず昨夜、坂本龍馬から贈られたという刀二振りを、頂戴した。次は、彼が長州藩からもらったという刀だ。その刀も欲しい。今、それがどこにあるのか教えてくれ」

「君のような盗人に、教えることはできない。とにかく、盗んだ坂本龍馬ゆかりの刀二振りを返しなさい」

「中井庄五郎が、長州藩侯から褒美にもらったという一振りの刀も、自分のものにしたい。今から一カ月以内に、私に渡せ」

「何をいっているんだ。そんなバカなことができるわけがないだろう」

「そうか。それならば非常手段を取る」

「どうするんだ？」

「今ここにある、中井庄五郎が坂本龍馬からもらったという刀二振りを、海に沈めてしまう。そうすれば、十津川村にとっても、明治維新の歴史にとっても、大変な損失になるぞ」

「愚かなことはやめなさい。そんなことをしたら、君にとっても、大きな損失だろう。君も、中井庄五郎を、尊敬しているといった筈だ」

「だからこそ、何もかも集めたいんだ。それができなければ、中井庄五郎がもらった刀も海に捨ててしまう。オール・オア・ナッシングだ。いいか、今から一カ月以内だぞ。一カ月経ったらまた電話する」

それで、犯人と思われる男と村長との会話は終わっていた。

その時、歴史民俗資料館の館長が、村長に向かって、

「いい忘れたんですが、あの刀に添えてあった、坂本龍馬の手紙も、盗まれてしまいました」

「バカなことをいわないでくださいよ。さっき、ちゃんと、見ましたよ」

「あれは写しです。犯人は写真に撮って、ニセモノを作り、それとすり替えていったんです」

と、館長が、いった。

館長が、資料館から持ってきたものを一見すると、展示されていた龍馬の手紙のように、見えるのだが、よく見ると、それは、巧妙に作られたニセモノだった。

「あれがないと、問題の刀二振りが、坂本龍馬から中井庄五郎に贈られたものという証拠が、なくなってしまいます」

と、館長が、いった。

たしかに、坂本龍馬の自筆の手紙がなければ、刀二振りが、龍馬から中井庄五郎に贈られたものだという資料的価値も薄れてしまうだろう。

十津川は、その手紙の文章を、覚えていた。漢文調だが、現代風に翻訳すれば、次のような内容である。

「一筆啓上仕ります。ますますご活躍のこととお

慶び申し上げます。

　さて、この刀は私の年来の所蔵品で、無銘ですが、昨年、後藤象二郎に見てもらったところ、青江吉次作と鑑定されました。

　あなたにも似合う刀だと思いますので、お受け取り下さり、愛用してください。

慶応三年八月十七日
中井庄五郎殿
（龍馬）」

　それが、二振りの刀に添えられた坂本龍馬の手紙である。たしかに、この手紙がなくなってしまえば、この二振りが、坂本龍馬から中井庄五郎に、贈られた刀だという証拠がなくなってしまう。

　だからこそ、今回の犯人は、刀だけではなく、龍馬の手紙も、盗み取ってしまったのだろう。


「私は手紙の内容よりも、その手紙の日付のほうが気になりますね」

　と、亀井刑事が、いった。

「たしか手紙の日付は、慶応三年の八月十七日だよ。それが何か気になるのか？」

「同じ慶応三年の十一月十五日に、坂本龍馬は中岡慎太郎と一緒に、京都で惨殺されています。わずか三カ月後です」

「たしかに、そうだね」

「それに、坂本龍馬は、慶応三年十一月十五日以前にも襲われていて、その時には、短銃を撃って逃げたといわれています。最期の時、近江屋で襲われた時も、刀を振るったのではなくて、短銃で、応戦したのではないかと思いますね。そうすると、坂本龍馬が中井庄五郎に贈った二振りの刀というのは、それまで、実際に坂本龍馬が腰に差していたけれど、『これからは、刀の時代ではない。短銃の時代だ』という考えから、自分が使っていた刀を、中井庄五郎に贈ったのではないかと、私には、そんなふうに、思えたんです」

と、亀井が、いった。

「その点は、私も同感だ」

と、十津川は、いってから、

「気が変わったよ。あと二日、十津川村に残って調べたいことがある。その後、京都に行こう」

と、いった。

「何のためですか？」

「東京の三鷹で殺された梶本文也のことが気になるんだよ。梶本文也は、アマチュアの歴史研究家で、京都や奈良を旅して、中井庄五郎の存在に惹(ひ)かれて研究していた。三十五歳と若かった」

「そういえば、今回、問題の刀二振りと、龍馬の手紙を盗んだ男の声も若かったですね。二十代の後半から三十代の前半ではないかと思いました。そうすると、殺された梶本文也と同年代くらいでしょうか？」

「それで今回の犯人も、どこかで、梶本文也と繋がっているのではないか？　梶本文也も今回の犯人も、中井庄五郎のことを知って好きになったといっていた。彼には、現代の若者を惹き付けるものがあるんだよ。だから、あと二日、十津川村に残って、なるべく多くの中井庄五郎に関する知識を得てから、彼が死んだ、京都に行ってみたいんだよ。そうすれば、どこかに今回の刀を盗んだ犯人や、梶本文也を殺した犯人の手がかりが見つかるかもしれないからね」

と、十津川は、いった。

2

それから二日間、十津川は亀井と、中井庄五郎について調べて回った。主として話を聞いたのは、歴史民俗資料館の館長や村役場の人たちであり、彼らから、更に資料を見せてもらった。

中井庄五郎が、弘化四年四月二十三日（一八四七年六月六日）、十津川村の野尻（のじり）という所に生まれたことはハッキリしていた。ただ、中井庄五郎を偉大な人間とするためか、さまざまな伝説が作られてもいる。

例えば、生まれた時、庄五郎は全身が黒い毛で覆われていて、極めて異相な子だった。長身で毛深く、ひげ男と呼ばれていたというのも、人間、有名になるとやたらにエピソードが生まれてくるのと同じで、どこまでが真実なのか分からない。

また、中井庄五郎は剣に優れ、特に居合の達人で、彼の戦いぶりを当時の人たちは、

「彼の戦うや猛虎（もうこ）のごとく、また、隼（はやぶさ）のごとく俊敏。機先を制して乾坤一擲（けんこんいってき）。たちまち敵を倒す」

と、語っていたというが、彼が、いったい誰に剣を学んだのか、それも分からないのである。

しかし、居合の達人だったというのは、記念碑にも書かれているし、若い時に京都に出て、そこで新撰組と喧嘩になって戦ったということも書かれているから、彼が剣の達人だったということは本当らしい。

はっきりしているのは、文久三年（一八六三年）、同郷の先輩、上平主税に、連れられて、京都御所の警固のために、上京していることだった。

文久三年の一月と四月の二回に分かれて約二〇〇人が上洛し、御所の警固に当たることになっていたというから、中井庄五郎が一月の組に入っていたのか、それとも四月の組に入っていたのかは分からないが、四月には、京都に出ていたことは間違いない。この時、中井庄五郎は十七歳である。

京都御所の警固を任されたというと、いかにも重要な仕事を頼まれたように聞こえるが、全員が京都御所の警固に、当たっていたというわけではない。

例えば、この時、中井庄五郎は鎌塚民男という郷士と二人で、柳原中納言の屋敷の警固に当たっている。この頃、実際に京都御所の警固に当たっていたのは、会津藩、長州藩、薩摩藩、土佐藩、あるいは紀州藩、また小藩では、二本松藩などの侍たちである。侍でも農民でもなく、郷士と呼ばれていた十津川の人たちが、簡単に京都御所の警固を任されるはずはなかったのである。

つまり、十津川郷士たちは、大藩にいいように、使われていたということもあったらしい。

しかし、とにかく、中井庄五郎は十七歳の時、京都にいたことだけは間違いない。

また、孝明天皇が当時、十津川郷士しか信用できないといったのは、何も十津川郷士が強かったというわけではなくて、大藩の人間たちがヘゲモニー（主導権）を手にしようとして、公家たちと繋がって、陰謀を企んでいたからである。

この頃より少し前、安政の大獄で有名な井伊直弼が、桜田門外で水戸藩士に暗殺された。この頃から京都では、勤皇の志士たちが、安政の大獄の復讐を狙って、井伊大老に賛成した幕府の有力者たちを、次々に襲っていた。これが天誅である。

この復讐劇は、凄まじかったらしい。京都に集まった勤皇の志士たち（主として長州・薩摩・土佐の脱藩者）は、安政の大獄の時、勤皇の志士たちを捕えて投獄した幕府の要人だけでなく、その捕縛に与した与力や目あかしまで、探し出して斬殺した。時には、京都の寺に安置されている足利尊氏の木像まで盗み出し、首を引き抜いて、三条河原にさらしたといわれている。

驚いた江戸幕府は、京都の治安を維持するため、会津藩主、松平容保を京都守護職に任じると同時に、江戸で募集した浪士たちを、京都に送り込んだ。これが、後の新撰組である。

そして、文久三年八月十七日（一八六三年九月二十九日）、京都で勤皇の志士たちが、ついに天誅組の変を起こした。彼らの主張は、勤皇倒幕、尊皇攘夷である。

そして、指導者たちは、十津川郷士に対して、天誅組に加わるように、要請した。

十津川では一五〇〇人の郷士たちが、その檄に応えて立ち上がり、京都との境にあった五條の幕府の代官所を襲撃した。この時、微妙な立場に置かれてしまったのが、京都御所の警固に当たっていた二〇〇人の十津川郷士たちである。指導者の上平主税は、果たして天誅組に与していいものかどうか分からずに迷っていた。

そして、翌八月十八日、有名な八・一八の変が起きるのである。

天誅組に与していたのは、京都の勤皇の志士たちと長州藩だった。長州藩は、この時、八人の公家と組み、孝明天皇を擁して一挙に勤皇倒幕に走ろうとしたのである。

それに対して、薩摩と会津は、密かに過激派の長州を京都から追い払おうとして策謀していた。そして、八月十八日、突然、長州追い落としの行動に移った。

　薩摩と会津が勅命として出した命令は、

一　天皇の大和行幸を取りやめる（孝明天皇が大和に行幸するのを機に、長州藩と天誅組が勤皇倒幕ののろしを上げることになっていた）。

二　三条実美（さんじょうさねとみ）以下の公家たち一九名に、禁足の申し渡し。

三　長州藩の御所警固の任を解き、薩摩藩、会津藩の両藩に替える。

　この三か条だった。明らかに、薩摩、会津による、長州藩の追放である。

　そして、この瞬間、長州藩も天誅組も、官軍から、賊軍になってしまったのである。

　長州藩と組んでいた公家たちは、長州に追放され、長州藩とともに、都落ちしていった。

　このため、一変したのは、天誅組に呼応して決起し、五條代官所を襲撃した、十津川郷士一五〇〇人の運命である。天誅組の叫ぶ勤皇倒幕を信じて立ち上がったのに、一夜にして賊軍にされてしまったのである。このため、十津川郷士のリーダーたちの何人かが亡くなっていた。この人たちは、吉田松陰、坂本龍馬、あるいは中岡慎太郎たちに比べて無名だが、十津川郷ではそれぞれ郷士たちのリーダーであり、一途に王政復古を夢見ていた郷士たちだった。彼らは、十津川村の中に、今でも、墓碑や記念碑が建っていた。

　その何人かの名前を、十津川は手帳に書き留めていった。

●野崎主計（のざきかずえ）（野崎正盛）　通称主計（かずく）は、幕末の十津川を代表する勤皇の志士の一人である。

　文久三年八月、倒幕ののろしを上げた天誅組が、十津川郷に援兵を求めた際、主計は、天誅組の総裁、吉村虎太郎の呼びかけに応じ、一軍を率いて参加し、各地で戦った。やがて政変が起き、天誅組は、官軍から突然、賊軍になった。

　この時、主計は、その責任を感じ、遺書を残して自刃した。四十歳。

　辞世「討つ人も討たるる人も心せよ同じ御国の御民なりせば」

　野崎主計の死後五年、維新の大業がなり、天誅組は義賊と称されることになった。

　野崎主計の碑は、十津川村のユースホステルのあった庭に建てられている。
●伴林光平　十津川の郷士ではないが、天誅組の参謀として十津川に来て、十津川郷士たちの指揮を執った。河内の人である。
　その後、天誅組は、幕府軍によって壊滅させられ、伴林光平は、河内の国境で捕らえられ、文久四年、京都六角の獄中で死んだ。五十二歳。

　十津川村の中に、歌人でもあった伴林光平の歌碑が、建っている。

「世を捨ててくまばや汲まん白菊の花の中ゆく滝川の水」
●深瀬繁理　天誅組の挙兵に応じて、野崎主計とともに郷士を率いて参加、各地に転戦した。
　その後、天誅組への義理を重んじて、天誅組の志士たちの脱出を助けていたため、幕府軍に捕らえられ、白川の河原で斬首された。時に三十七歳。

　辞世「化野の露と消えゆくもののふの都に残す大和魂」

　現在、深瀬繁理の碑が深瀬家の墓地と郵便局の横に建てられている。

　また、天誅組の挙兵に応じるように呼びかけがあったが、参加を断ったために、参加した十津川郷士たちによって裏切り者として、斬られた人もいる。

　例えば、天誅組の変に際して、十津川郷士は援兵を求められ、一五〇〇人がそれに応じたが、玉堀為之進は、慎重論を唱えたため、裏切り者として仲間の十津川郷士たちによって捕らえられ、斬首された。

　玉堀為之進は当時、村の庄屋だった。結果的に彼の慎重論は正しかったのだが、多くの郷士たちが参加した時、それに、慎重論を唱えた玉堀為之進は、同志によって、裏切り者とされたのである。時に五十三歳。国王神社の境内に石灯籠と歌碑が作られている。

　辞世「国のため仇なす心なきものを仇となりしは恨みなりける」

　天誅組の変などを生き延びて、その後、戊辰戦争で、長岡藩と戦った郷士もいる。

●藤井織之助　文久三年頃には京都で勤皇運動に力を尽くしていたが、戊辰戦争の時は十津川御親兵第一番中隊司令官補助として北越に出兵している。長岡城の攻撃に際して腹部に銃弾を受け、回復の望みのないことを知って自刃。四十二歳。

●前田隆礼　中井庄五郎よりも一歳若い弘化五年（一八四八年）生まれ、天誅組の変の時は十六歳である。したがって、天誅組の変には関係していないが、彼は明治維新の後、薩摩藩で現代戦争の戦い方を勉強し、戊辰戦争に参加し、さらに西南の役、日清戦争と戦って陸軍少将になり、日露戦争では旅順の攻略に参加。最後は陸軍中将になって明治三十八年（一九〇五年）、五十七歳で亡くなっている。

十津川は、もう一人、中村修という名前を、手帳に書き加えた。

彼は大正八年（一九一九年）の生まれだから、天誅組とも明治維新とも関係がない。十津川が、中村の名前を、手帳に書き加えたのは、太平洋戦争で海軍の神風特別攻撃隊第五金剛隊に参加し、昭和十九年十二月十四日、フィリピンへ出撃し、二十五歳で死んでいるからである。

つまり、十津川村の人たちは、南北朝時代、幕末時代、そして、太平洋戦争の時も国のために戦い続けてきたということを記憶しておきたかったからである。

しかし、天誅組の変をいくら調べても、中井庄五郎の名前は、出てこない。おそらく、この時、中井庄五郎は京都にいて、御所の護衛をする二〇〇名の中に入っていて、天誅組の変には、参加しなかったからだろう。

その後、庄五郎の名前が出てくるのは、慶応元年三月である。この時、庄五郎は、京都から十津川村に帰っていた。

何をやっていたのかは定かではない。ここで庄五郎に関係してくる二人の名前がある。いずれも土佐藩を出奔した勤皇の浪士で、田中顕助（たなかけんすけ）と那須盛馬の二人である。

その頃、京都には、有名無名の勤皇の志士たちがたくさんいた。彼らの多くが京都にあった薩摩藩邸に、出入りしていた。

当時、薩摩藩邸にいた西郷吉之助は、彼らを篤（あつ）

くもてなしていた。いつか、こうした勤皇の志士たちが役に立つ時が来ると考えていたふしがある。その中に、土佐藩出身の田中顕助と那須盛馬もいたのである。

他に土佐藩の出身者としては中岡慎太郎や、坂本龍馬が有名だが、水戸藩の浪人や紀州藩の浪人などが多かった。

この時、京都の薩摩藩邸には西郷吉之助の他、大久保一蔵（利通）や小松帯刀もいたが、こうした勤皇の志士たちの接待をしていたのは、主として西郷吉之助だった。

その後、西郷吉之助の動きを見ていると、こうした各藩の脱藩者を篤くもてなしていた理由が分かってくる。西郷は、実力で幕府を倒す討幕派のリーダーで、そのためには、幕府方から戦いを仕掛けさせる必要があると考え、江戸にあった薩摩屋敷に、京都で関係を保っていた勤皇の浪士たちを集めて、江戸の市中で火を付けさせたり、強盗を働かせたりして、江戸の市中を騒がせ、幕府方で市中取り締まりに当たっていた庄内藩に、薩摩屋敷を焼き討ちさせた。その報を聞いて、西郷が手を叩いて喜んだという。

こうした西郷の計画に乗って、薩摩藩邸に出入りしていたのが、土佐を脱藩した土佐浪人、田中顕助と、那須盛馬の二人である。

年長者の田中顕助は、明治維新の後、田中光顕と名前を変えて、その後、宮内大臣を務め、最後には、伯爵にもなった。

その頃、田中顕助は、浜田辰弥という偽名を使い、若い那須盛馬と示し合わせて土佐藩を脱藩。幕府の長州征伐を妨害しようとして計画を立てたが、元治二年の正月（一八六五年二月）、隠れ家を、新撰組に襲われた。幸い、この時の会合に出ていなかった田中顕助と、那須盛馬の二人は、危うく助かったが、新撰組の襲撃を恐れて、十津川に、逃げ込んだ。

二人は十津川村の文武館に落ち着き、十津川郷士たちに、田中は歴史を、那須は剣術を教えていた。その後、十津川に潜伏していることを幕府方に知られてしまい、幕府の捕り方たちが十津川村にやって来たので、二人はやむなく、また逃げることになった。

田中が頼ったのは、十津川郷士の、田中主馬蔵（たなかしゆめぞう）のところである。

田中主馬蔵は、十津川では土地の名士で、二人を山小屋に匿ったが、田中のほうは顔を知られているので、さらに紀州の山荘に逃げた。そこで匿ってくれたのは、田中主馬蔵の義兄の千葉慶次郎（ちばけいじろう）だった。

ここで、中井庄五郎の名前が出てくる。那須盛馬のほうは、田中顕助ほど顔を知られてはいないので、京都に戻る決心をし、その頃、上京することになっていた、中井庄五郎と二人で、那須も、十津川郷士ということにして、京都に出ていった。

それが慶応元年三月のことである。

京都に出た二人は、連れ立って市中をよく闊歩し、飲み歩いていたといわれている。

京都は、当時、勤皇・佐幕の戦場だった。若い二人が、大手を振って、市中を歩く姿が、想像される。

中井庄五郎同様、那須のほうも、腕に自信があったらしい。三月中旬の夜、四条の高瀬川（たかせがわ）辺りを酔って歩いていて、三人連れの侍とぶつかった。酔った勢いで斬り合いになった。

ところが、この三人が新撰組の沖田総司、斎藤一、永倉新八という、いずれも剣の達人だった。それに、二人対三人である。中井庄五郎も那須盛馬も劣勢になり、那須のほうは、左肩と左足に重い傷を負って、その場を逃れた。

この時、中井庄五郎が傷を負ったという記録はないから、那須よりもはるかに腕の立つ庄五郎のほうは、無事に、逃げたのだろう。

新撰組が調べたところ、那須は、手配中の土佐の浪士だということが分かった。新撰組が探索していることを知り那須は慌てて、再び十津川村に逃げ込んだ。

この時、那須は、新撰組に追われていて、無事に、十津川村に逃げ込めるかどうか分からないため、京都御所の警固に当たっていた十津川の郷士たちが、薩摩の西郷に相談したという。

その時、西郷は、役に立つ人物なら薩摩藩が助けましょう、といって、那須を片岡源馬と改名させ、薩摩藩士片岡源馬として十津川郷に、剣術の指南に行くという名目で送り出したといわれている。

十津川郷に逃れてきた片岡源馬こと那須盛馬は、四月まで十津川郷の温泉に隠れて傷を癒した。

一方、紀州に逃れていた田中顕助は、土佐藩を同じように脱藩した浪士、中岡慎太郎と連絡を取っていた。

二人が考えていたのは、現在の京都は公武合体派が、力を持っている。土佐藩としては、このままでは、討幕は、おぼつかない。どうしても薩摩と長州の連合が必要だと考え、田中顕助は、中岡慎太郎と手を組んで、薩摩と、長州の両藩の説得に当たることになった。

坂本龍馬が、薩長連合を唱えて働くようになるのは、この八カ月後だから、薩長連合の旗振りは、田中顕助と中岡慎太郎の二人のほうが早かったことになる。

　そこで、田中顕助は中岡慎太郎とともに、長州に行き、そこで、薩長連合の運動を始めることになる。この時、薩摩は、薩長連合を望んではいたが、八・一八での薩摩の裏切りを経験した長州は、薩摩との連合に、頭から反対していた。もっとも反薩摩の感情が強かったのは、高杉晋作、桂小五郎（木戸孝允）たちの奇兵隊だった。

　そのため、中岡慎太郎たちは、田中顕助と片岡源馬の二人に、奇兵隊の説得に、当たらせることにした。特に年長者の田中顕助は、弁が立った。その弁舌の冴えを、坂本龍馬や中岡慎太郎が買って、重用したに違いない。

　当時、十津川郷士たちも穏健派と過激派に分かれていた。主として京都御所の護衛に当たっていた上平主税は穏健派のリーダーで、過激派のほうには田中主馬蔵、深瀬仲磨、吉田源五郎の三人がいた。

　田中主馬蔵は、田中顕助と片岡源馬の二人を匿った十津川郷士である。この三人は、倒幕以外に日本を救う道はないと考え、田中主馬蔵は、田中顕助、片岡源馬の二人とともに薩長連合のために働いていた。

　この田中主馬蔵は、一時、京都東町奉行所に取り押さえられている。取り押さえの理由ははっきりしなかったが、どうやら田中主馬蔵が、他の二人の十津川郷士とともに薩長連合を画策していると疑われたからだろう。

　その頃になると、薩長連合もだんだんと形になってきて、慶応三年十月頃になると、あと三カ月もすれば倒幕の戦が始まる。それに備えて、洋式の軍隊を作っておこうという声が起こってきて、土佐の浪士、中岡慎太郎は、京都の白川にあった土佐藩の別邸を十津川郷の名義に変えて、そこで洋式の軍隊の訓練を始めた。これに参加したのは、田中主馬蔵たち五〇人の十津川郷士と、中岡慎太郎が集めた勤皇の浪士たち三〇人である。この費用は全て薩摩藩、というよりも西郷が出している。

特に洋式の訓練に遅れていた十津川郷士たちは、それまでの槍や弓矢、そして、種子島といった武装を止めて、アメリカから輸入したゲベール銃を使うようになった。ゲベール銃は高価なものだが、幸いアメリカの南北戦争が終わって、大量のゲベール銃が余ってしまい、それを安く購入することができたのである。

しかし、こうした京都の動き、薩長連合の動きなどの中に、どこを探しても中井庄五郎の名前は出てこない。その代わりのように、この頃、中井庄五郎の名前が別の場所で出てきていた。

その頃、中井庄五郎は、他の十津川郷士たちと同じように、薩摩藩邸に出入りしていて、長州や土佐の勤皇の志士たちと交流を深めていたが、その中の一人、長州藩士、品川弥二郎から同じ長州藩士の村岡伊助の暗殺を、依頼されるのである。

品川弥二郎にいわせると、同じ長州藩士の村岡伊助は、どうやら、勤皇の志士たちを裏切って、幕府と連絡を取っているらしいというのである。その暗殺をなぜ、中井庄五郎に依頼し彼が引き受けたのかは分からない。庄五郎は、他の長州藩士と二人で、村岡伊助をつけ狙って斬り殺し、村岡伊助が懐中に所持していた密書を、奪い取った。

その密書には、村岡伊助が幕府に内通していたことが書かれており、その功によって中井庄五郎には、長州藩侯から刀一振りが贈られている。

これは、薩長連合や、禁門の変といった歴史の表に、出てくる事件ではない。なぜ、表の舞台ではなく、いわば裏の舞台で、中井庄五郎の名前が出てくるのだろうか？

「中井庄五郎は、ひょっとすると歴史の表舞台ではなくて、裏舞台で当時から、有名だったのではないか。だから、品川弥二郎は、暗殺を庄五郎に頼んだのではないだろうか？」

と、十津川が、亀井に、いった。

「それは、庄五郎が若かったからですか？　薩長連合の頃、彼はまだ二十歳でしょう？　それに比べて、坂本龍馬たちは三十代でしたからね」

と、亀井が、いう。

「たしかに彼の若さがあったからかもしれない。しかし、禁門の変で死んだ長州の久坂玄瑞は二十四歳だった。だから、若さだけじゃないんだ」

「それは、どういう意味ですか？」

「中井庄五郎のことを調べてみると、やたらと、剣に強かったことが強調されている。居合の達人だとか、酔って京都を徘徊し、新撰組の三人と斬り合ったとか、長州の品川弥二郎に頼まれて、裏切り者を暗殺したとか、そういう話ばかりだ。つまり、彼は、やたらに剣に強かったが、思想的にはそんなに高いものを持っていなかったのではないのか？　或いは苦手だった。勤皇の志士たちと付き合ってはいたが、リーダーになる要素は少なかった。もう一つ、中井庄五郎について、こんな言葉を聞いたことがある。庄五郎は居合の達人で、もし、二十一歳で死なずに生きていたら、土佐の岡田以蔵、薩摩の田中新兵衛、肥後の河上彦斎と同じように、人斬りと恐れられた存在になっていただろう。そんな言葉を聞いたことがあるんだ」

「人斬りの達人ですか？」

「どうも中井庄五郎という男には、そうした血みたいなものが、生きていたんじゃないだろうか？もう一つ気になるのは、坂本龍馬から刀二振りを贈られているということだよ。なぜ、坂本龍馬が刀二振りを、わざわざ、中井庄五郎に贈ったのか、その理由がよく分からないんだ」

と、十津川が、いった。

「若い庄五郎が可愛かったからじゃありませんか？」

「そうかもしれない。しかしだね、坂本龍馬については、こういう話がある。若い時、坂本龍馬は剣が強くなりたくて、江戸三大道場の一つで、千葉周作が作った北辰一刀流の道場に通って剣を学んだ。しかし、そのうちに、もう刀の時代ではなくて、これからは拳銃の時代だと悟って、いつも拳銃を懐に入れて、刀を持たなくなった。そのうちに龍馬は、これからは短銃の時代でもない、そういって短銃を捨て、懐には万国公法という法律の本を入れていた。そういわれている坂本龍馬だよ。彼が中井庄五郎が好きだからといって、わざわざ刀を贈るはずがない」

「それでは、どうして坂本龍馬は、剣二振りをわざわざ中井庄五郎に贈ったのでしょうか？」

「つまり、それだけの理由があったからだ」

と、十津川が、いった。

「それは、いったい何ですか？」

「市橋さんも言っていただろう？　中井庄五郎は、坂本龍馬の護衛をやっていたんだ。テレビドラマでは、岡田以蔵が坂本龍馬の護衛をやっていたように描かれているが、私は、その役を庄五郎がやっていたんじゃないかと思う。つまり、幕末の有名な人斬りとしては肥後の河上彦斎、薩摩の田中新兵衛、土佐の岡田以蔵が知られている。しかし、土佐の脱藩者たちの用心棒役は、岡田以蔵ではなくて、十津川郷士の中井庄五郎だったのではないかと思っている。庄五郎の居合は超人的だった。龍馬は何回か、庄五郎の剣に助けられたことがあった。それで、この男には剣が一番似合う。そう思って、自分が使っていた愛用の剣を庄五郎に贈り、自分は短銃で身を守るようになったのではないだろうか？」

と、十津川が、いった。

「そういえば、坂本龍馬と中岡慎太郎の二人が、京都の近江屋の二階で襲われた時、龍馬は、いきなり頭を斬られ、短銃を撃つ間もなく殺されたといわれていて、龍馬が刀を持って戦ったという描写は、ありませんね。ですから、龍馬はその時、刀を持たず、短銃だけを持っていたのかもしれませんね」

と、亀井が、いった。

「その前に襲われた時も、龍馬は短銃を撃って逃げているんだ。だから、龍馬は、自分としてはもう刀はいらない。いらなくなった刀を、自分を何度も守ってくれた庄五郎に贈ったんだと思う」

「龍馬が殺された後、龍馬を殺したのは新撰組だと思って天満屋に斬り込んだ庄五郎は、自分の刀が折れ、そのために亡くなっています。その時に使った刀は、坂本龍馬にもらった刀だったのか長州藩侯から贈られた刀だったのか、それとも、いつも自分が使っていた刀だったのか、それを、知りたいですね」

「それを調べに、京都に行こう」

と、十津川が、いった。

3

翌日、十津川と亀井は、新宮発の長距離定期バスに乗って、五条に向かった。五条からは電車で京都に入るつもりである。

十津川村に別れを告げる際、十津川は、十津川村の警察署に行き、署長に、盗まれた剣の事件について聞いてみた。

署長が、答えた。

「中井庄五郎が、品川弥二郎に暗殺を頼まれ、それに成功したので長州藩侯から贈られたという剣一振り、これを用意しました」

「見つかったのですか？」

と、十津川がきくと、署長は笑った。

「いや、見つかっていませんよ。それと称する剣を用意して、犯人を欺いて、坂本龍馬の剣を取り返そうと思っているんです。犯人が、どう応じてくるか、それが、心配ですがね」

と、いった。

その後、京都に入ると、二人は、まず、京都の霊山歴史館を訪ねた。

そこで、知りたかったのは、坂本龍馬が殺されたあとの中井庄五郎の行動だった。

犯人を新撰組と考えていたという説のほかに、もう一つ、紀州藩の藩士三浦休太郎だという説もあると知らされた。

坂本龍馬が、長崎で亀山社中という会社をつくり、いろは丸という船を使って、交易をしていた時、紀州藩の船と衝突沈没する事件が起こった。その賠償について、坂本龍馬は、紀州藩に対して巧妙に立ち廻り、八万三千両という多額の賠償金を手に入れたのだが、その時、紀州藩の代表が三浦休太郎だった。彼はこのことを恨みに思って、坂本龍馬を、暗殺したというのである。

これは、あながち、架空の話ではなく、三浦休太郎は、復讐を恐れて、新撰組に身辺警護を頼んでいたし、十二月七日も、天満屋に、三浦休太郎は、新撰組と一緒にいたといわれている。

したがって、想像を逞（たくま）しくすれば、中井庄五郎は、新撰組を龍馬の仇として、天満屋に斬り込んだのか、それとも、新撰組に守られている三浦休太郎を狙って、天満屋に斬り込んだのかもしれないのである。

この時、中井庄五郎と一緒に、天満屋に斬り込んだものの名前は、次の通りである。

陸奥陽之助（宗光）
岩村誠一郎
関　雄之助
斉原治一郎
本川安太郎
山崎喜都真
松島和助
藤沢潤之助
竹野虎太
竹中与一
前岡力雄
宮地彦三郎
中井庄五郎

この中で、十津川が知っているのは、中井庄五郎以外では、陸奥宗光だけである。

と、すれば、他の人たちは、歴史に出て来ないほど、若い人たちなのだろうか。

陸奥宗光は、当時の海援隊の一人だというから、その多くが、坂本龍馬の作った海援隊の隊士なのかもしれない。

とにかく斬り込んだのは十数人、双方で三〇人から四〇人という。その中でたった一人だけ死んだのが、中井庄五郎だということが、どうしても引っ掛かってくる。

「この時の斬り込みで、中井庄五郎は死んでいます。慶応三年十二月七日。二日後に王政復古が成立しています。文字通り、明治維新直前の死ですよ」

と、亀井が、いった。

この日、十津川は京都の日本旅館に泊まったものの、簡単には、東京の捜査本部に帰れなくなってしまった。調べれば調べるほど、中井庄五郎という若者のことが分からなくなってきたからである。

四月二十七日、三鷹市内のマンションで殺された梶本文也、三十五歳。この殺人事件の犯人を捕まえるためにも、梶本文也が憧れていた中井庄五郎のことを知らなければならない、そう思って、十津川は、京都と十津川村に行き、そしてまた、京都に、舞い戻ってきたのである。

それなのに、中井庄五郎が何者なのか、まだ分からずにいる。このままでは、東京の捜査本部に戻っても、三上(みかみ)本部長に報告することができない。そう思うと、十津川は、京都から、動けなくなってしまったのである。

四日間を京都の日本旅館で空しく過ごしている時、心配した亀井刑事が、十津川が寝ている部屋に入ってきて、

「大丈夫ですか？」

と、きいた。

「頭が痛い」

と、珍しく十津川が、いった。

「毎日寝ていれば、頭も痛くなりますよ。気晴らしに、この旅館の周りを、歩いてきたらどうですか？」

「そういう気になれない」

「そうですか。それじゃあ、この雑誌を見てください」

そういって、一冊の雑誌をポーンと十津川の枕元に置いて、亀井は、部屋を出ていってしまった。

十津川は寝たまま手を伸ばして、その雑誌をつかんだ。

『歴史往来』という雑誌だった。どこかに中井庄五郎のことでも出ているのかと思い、ページを繰ってみたが、何も出ていない。

巻末に「第四回歴史往来文学賞」受賞者決まると書いてあった。大きな活字で「奇は貴なり」というタイトルと執筆者として男女二人の名前が連記されていた。十津川は、男性執筆者の塚本文也という名前を目にした途端、いっきに眠気を覚まされてしまった。

この筆者は、三十五歳で殺された、あの梶本文也と同一人物ではないのか？　二人の名前は、わずか一字違いだった。

十津川は、急に眼を大きく見開いて、受賞作に対する有名作家の選評を読んだ。そこには、こう書かれていた。

「この作品は、二十一歳で死んだ十津川郷士中井庄五郎のことを書いたものである。中井庄五郎については、いかなる侍であったのか、いかに生き、いかに死んだかがよく分かっていない。それがまた魅力でもある。今回、塚本文也と木下恵という二人の若い著者が、想像力をいっぱいに働かせて、その実像に、迫っている。たぶん、ほとんどは、想像だろう。それにも拘わらず、ここに書かれている中井庄五郎は、紛れもなく中井庄五郎である」

そう書かれていたが、どんな小説なのかは分からない。一カ月後に、この出版社から、単行本として出版されるとしか、書かれていないからである。

十津川は、急に起き上がり、隣の亀井刑事の部屋を覗いてみた。

しかし、誰もいない。

「カメさん、どこだ?」

と、大声で呼んだが、返事がなかった。

仕方がないので、まず、顔を洗い、女将に会いに行き、

「私の連れの亀井は、どこに行きましたか?」

と、きいた。

「お連れさんなら、『急に東京へ行く。十津川さんが起きたら、今日中に、戻ってくると、伝えてください』そうゆうて、急にでかけていかはったんですよ」

女将は、亀井が残したというメモを、十津川に渡してくれた。

「警部が必要だと思うので、問題の小説のコピーを、作者の一人、木下恵さんにもらってきます。今日中に、帰ります」

とだけ、書いてあった。

十津川は、亀井の携帯に連絡してみようと思ったが、それはやめて、問題の出版社に、電話してみることにした。

今回の受賞作について聞きたいというと、相手は警戒をして、こちらが何者か教えてくれというので、十津川は、正直にいうことにした。

「私は、警視庁捜査一課の警部で十津川という者ですが、梶本文也という人が四月二十七日に殺されましてね。その事件の捜査をしているのですが、梶本文也さんは、アマチュアの歴史研究会の人間で、中井庄五郎のことに興味を持って、調べているうちに、何者かに殺されたのです。それで、お聞きしたいのですが、受賞者の塚本文也さんは、私が今いった梶本文也さんと、同一人物ですか?」

と、きいてみた。

雑誌社の編集者も、十津川の言葉に驚いたらしい。

「亡くなられたことは、知りませんでしたが、間違いありません。塚本文也さんというのは梶本文也さんのペンネームなんです。木下恵さんというのは、梶本文也さんの友人で、やはりアマチュアの歴史研究家で、同じように中井庄五郎に興味を持っていらっしゃった。梶本文也さんが一五〇〇枚書いた原稿を読んで、それに木下さんが二〇〇枚書き足して、三五〇〇枚の作品に仕上げ、共同執筆ということで、うちの歴史往来文学賞に応募されてきたんです。それがなかなか出来のいい作品なので、今回、受賞作ということにしました」

そのあと、相手は、

「できれば一度、警部さんにお会いしたいですが」

と、つけ加えた。

十津川は一瞬、東京に行った亀井刑事のことを、話そうと思ったが、それはやめて、

「そうですね。こちらもぜひお会いしたい」

とだけいって、電話を切った。

気がつくと、まだ、真昼の時間だった。夜になってから、今度は、亀井のほうから、電話が入った。

「今、東京です。問題の小説の受賞者の一人、木下恵さんに会って、今、理由を話して原稿をコピーしてもらっています。それが済んだらすぐ、そちらに、帰ります」

亀井が、旅館に戻ってきたのは、夜半近くになってからである。

全体で三五〇枚の原稿は、今どきの若者らしくパソコンで打ってある。そのコピーを、亀井は、大事そうに、封筒に入れて持ち帰ってきた。

「カメさんは、もう読んだのか？」

と、十津川が、きいた。

「いや、読んでいません。帰りの新幹線の中で、読もうかと思いましたが、やめました」

「どうして？」

「変な先入観を、警部に、与えたくないと思ったからです。ですから、どんな小説なのか、私は知りません。とにかく、読んでみてください」

と、亀井が、いった。

4

十津川は、読み始めた。

「奇は貴なり」

塚本文也・木下恵

中野庄五郎がようやく歩き出した時、母は、その様子を見て、

「醜し」

と、いって、泣いた。

父親は、二歳の庄五郎の右手が左手よりも長いことに気がついて、はっきりと、いった。

「この子に剣道は無理だ」

剣の基本である正眼の構えができないと判断したからである。

五歳になると、右手が左手よりも長いことが、いよいよ、はっきりしてきた。父親は、十津川郷の名士といわれる上杉長治に占ってもらった。

上杉長治は、庄五郎が歩く姿をしばらく見てから、いった。

「奇は貴なり」

最初、父親も母親も、その言葉が何を意味するのかが、分からなかった。そこでもう一度、父親が聞いたところ、上杉長治が、再び同じことをいった。

「奇は貴なり」

更に、筆を取り、ふすまにその言葉をいっきに書きつけて、

「きなりのきは奇、もう一つのきは貴だ。この子は将来、類まれな、天才になる」

上杉長治は、ふすまに書いた言葉を、もう一度、筆でなぞって見せた。

しかし、父親にも母親にも、その言葉が理解で

きなかった。

十歳になると、庄五郎の右腕はますます長くなり、父親が危惧したように、木刀を持たせても、正眼の構えができなかった。不格好な半身の構えになってしまうのである。

そこで、父親はしばらくの間、庄五郎に木刀を持たせなかった。庄五郎は別に、反抗もせず、他の少年たちが、木刀を持って戦の真似事（まねごと）などをしていても、うらやましいとも、思わず、ひたすら野山を走り回っていた。

不格好ではあっても、その足は驚くほどの速さで、庄五郎の体を走らせていた。

十二歳になった時、突然、庄五郎は父親に向かって、道場に行き、剣の修行をするといい出し、父親が止めるのも、聞かずに、木刀を持って出かけていった。

父親は心配になり、庄五郎の跡をそっとつけ、川沿いにある小さな道場まで追いかけていった。他の子どもたちは、全て十五、六歳で、誰もが、勢いよく木刀を振るって稽古に励んでいた。

一方、庄五郎はというと、道場の隅で木刀を持って、正座している。道場主は、あの上杉長治である。上杉が、

「これから試合をやる」

と、いい、今まで、正座を続けていた庄五郎を呼んだ。

庄五郎は、右手に木刀を持ち、道場の中央に進んできた。上杉長治が次に指名したのは、背の高い、庄五郎より三歳年上の十五歳の少年だった。

彼が、道場では、第一番の木刀の遣い手といわれているほどの、実力者であることを、父親は知っていた。

「構えて」

と、道場主の上杉が、叫び、庄五郎と十五歳の少年は向かい合った。

十五歳の少年は、木刀をゆっくりと正眼に構えている。それに対して、庄五郎のほうは、短い左手に木刀を持ち、腰に差している形である。

庄五郎の父親は落胆した。これでは庄五郎が、負けるに決まっている。

十五歳の少年は正眼の構えから、まっすぐ振りかぶり、次に庄五郎の面に向かって振り下ろされるのは、はっきりしていた。腰に木刀を押しつけたままでは、それを、防ぐことはできない。

そう思った瞬間、十五歳の少年は、裂帛の気合とともに木刀を振り下ろした。次の瞬間、何が起きたのか、庄五郎の父親にも分からなかった。

上段から真っ向微塵と振り下ろした十五歳の少年の体が、弾き飛ばされて、道場の羽目板にぶつかって倒れていたからである。

庄五郎のほうを見ると、長い右手で木刀を横に払っただけだった。

「次！」

と、道場主の上杉長治が、叫ぶ。

次に出てきたのは、同じく三歳年長の十五歳の少年だった。体が大きく力自慢で、木刀で打ち合うと、相手の木刀を、叩き折ってしまうことで、その怪力を称賛されている少年だった。彼も、前の少年と同じように、木刀を正眼に構えた。

庄五郎のほうはといえば、相変わらず、木刀を左手に持ち、腰に押さえつけるようにしている。刀を腰に差しているのと同じような、構えである。これでは、どう見ても、相手に後れを取る。庄五郎の父親には、そうとしか、思えなかった。

そして、同じように十五歳の少年は上段に構え、気合とともに、振り下ろした。

一瞬、庄五郎の父親は眼を閉じた。

だが、結果は前と同じだった。

十五歳の少年は、同じように道場の羽目板に叩きつけられ、庄五郎のほうは、右手一本で木刀を水平に払っていた。

上杉長治は、庄五郎の父親のところにやって来ると、

「どうですか、奇は貴なりの言葉、納得いきましたか？」

「あまりに早くて、見定めることが、できませんでした」

庄五郎の父親は、いった。

「落ち着いて、はっきり見れば、お分かりになる。このまま、ご子息と他の少年たちの試合を繰り返しても、結果は同じ。ご子息がこのあと、道場に来て稽古をする必要はありません」

「今後、どうしたらいいんでしょうか？」

不安になって、きいた父親に、

「十七歳になったら、もう一度、いらっしゃい。その時に、改めて教えましょう」

と、上杉長治が、いった。

道場に通わなくなった庄五郎は、相変わらず十津川郷の、険しい崖を駆け上ったり、急流で泳いだり、山を、駆け回ったりしていた。

そして、十七歳になった時、父親が、庄五郎を道場に連れていくと、道場主の上杉長治は、一本の刀を取り出して、それを庄五郎に渡した。

「これは、わが家に伝わる自慢の刀である。これを使えば、君は何者をも恐れることはない。なぜなら、敵と相対して刀を構えて戦った時、君の刀

は、敵のそれより、二寸、或いは三寸伸びて敵を倒すからだ」

　このあと、上杉長治は、こうつけ加えた。

「わが十津川郷は、後醍醐天皇の頃より、天皇に仕えて功績があった。今、京都は騒乱に見舞われ、御所は警固が必要である。十津川郷としては、一〇〇名から二〇〇名の郷士を、京都に送る必要が生じるだろう。君は、それに応じても良し、応じずともいい。君の相を見るに、奇相である。君は、京都で多くの友人を手に入れるだろう。彼らは、天下国家を論じ、そのために、戦うこと、生死を賭けることを、いとわない。だが、君の相に、不思議にもそれが出ていない。君は、個人的な理由で生死を賭け、そのために死ぬことありと、出ている。まことに、奇は貴なりである。今の時代、友情のために、生死を賭ける若者は少なく、奇は貴なのだ――」

　そこまで読んで、十津川は、眼をあげた。

　主人公の名前が、中野庄五郎になっているが、誰が考えても、中井庄五郎である。

「奇は貴なりか」

と、十津川は、その言葉を口に出してみた。

　中井庄五郎は、そのために、二十一歳で死んでしまったのだろうか。

　それとも、二十一歳まで生きたといえるのだろうか？

第四章　小説「奇は貴なり」の続き

1

庄五郎は、十五歳になった。彼の剣は、ますます鋭さを増し、

「十津川郷一の剣の達人」

と、噂された。剣の達人ではあったが、学問のほうは、どうだったのか。これが、はっきりしない。

と、いうよりも、当時の十津川郷には、いわゆる藩校と呼べるものが無かった。

当時、有力な藩には必ず藩校があって、藩士は必ず、そこで勉強をした。肥後は時習館、水戸は弘道館、長州は明倫館、薩摩は造士館、会津は日新館である。

十津川郷に、初めてそれらしい学問所が出来たのは、一八六四年、文久四年の二月である。それが文武館と呼ばれた。

この時、庄五郎は十八歳だが、その前年の十七歳の時、一八六三年、彼は十津川郷の有力者である上平主税に連れられて、初めて京都に上るのである。

これは、勤皇の志の強い十津川郷の人たちが京都の騒乱を心配して、京都御所の警固を願い出て、それが許され、約二〇〇人の郷士を連れて、上平主税が上洛したのである。

庄五郎はその中の一人で、最年少の十七歳であ

った。したがって、藩校と呼ばれる文武館の開校の一年前である。

二〇〇人の郷士が、御所警固のために京都に出向いたのだが、その頃、京都御所を守っていたのは会津・長州・薩摩といった大藩だった。

彼らは、持っている武器も現代的なものだし、服装も素晴らしい。そのうえ、洋式の訓練も受けていた。

それに比べて、上平主税に率いられた二〇〇人は、人数こそ多かったが、いかにも貧しい十津川郷の郷士らしく、銃は種子島で、装備も貧弱である。服装も貧しい。だから、すぐには京都御所の警固は任せて貰えなかった。天皇を祀る神社や、宮家の屋敷の警固に回されていた。

庄五郎も、若者二人と最初は、柳原中納言邸の警固を任されている。御所のほうは警固が大変だが、宮家のほうはかなりルーズだったと見えて、その警固で緊張したというような話は聞かれなかった。

それでは、文武館が出来るまで、十津川郷ではどんな学問の教え方をしていたのか。これが、教師たちは全て外から来たかなり有名な勤皇の志士たちなのである。

その一人が、梅田雲浜だった。

梅田雲浜は若狭小浜の出身で、維新の代表的な勤皇の志士である。その主張は勤皇倒幕ではなくて、尊皇攘夷である。つまり、当時黒船が来航して、神州日本の周辺を荒らしている。その夷狄（いてき）の軍艦を何としてでも追い払わねばならぬ。その志に燃えて、十津川郷にやって来ては、十津川郷士たちの決起を促していた。

その時に、梅田雲浜が使った本が『太平記』だった。

太平記は、後醍醐天皇に始まって、足利尊氏との戦いがあり、後醍醐天皇の皇子、護良親王が尊氏に追われて放浪する。言ってみれば軍記物である。面白く書いてあるが、事実とは違う物語である。

しかし、十津川郷というところは、その太平記の舞台でもあった土地であり、護良親王は一時期、足利の軍勢に追われて、十津川郷に隠れていたことがある。

そんなこともあって、梅田雲浜が教科書に使った太平記は、この時、十津川郷ではベストセラーになったと言われている。もちろん四十巻もの大作だから、粗筋を書いたものを配って、その講釈を梅田雲浜がやったのだろう。

梅田雲浜で有名なのは、大坂に現れたロシアの軍艦を追い払おうとして、十津川郷士を集め、打ち払いに出発しようとした、その時に詠んだ歌である。

妻臥病牀児叫飢
挺身直欲拂戎夷
今朝死別與生別
唯有皇天后土知

(妻は病床に臥し、子は飢えに泣く
身を挺して直ちに攘夷を払わんと欲す
今朝死別と生別と、皇天后土の知る有り)

しかし、梅田雲浜が十津川郷士を率いて、ロシアの軍艦を打ち払いに行こうとした時にはすでに、ロシアの軍艦は出港していた。その後、彼は安政の大獄に連座して、一八五九年、獄中で死んでいる。

もう一人は、土佐藩の脱藩者、田中光顕である。彼は、若い那須盛馬と共に土佐藩を脱藩して京都に来るのだが、京都で佐幕派に追われて十津川へ逃げてきた。十津川は山の中の村だから、そこまでは逃げまいとして、佐幕派も追って来ないのである。

しばらくの間、十津川郷で心身を休めているのだが、この時に田中光顕は、十津川郷士たちに、京都の情勢や、社会の動きなどを教えている。つまり、十津川郷士たちは正規の学問を習うよりも、勤皇の志について学んでいたのである。それが後になって、プラスにもなったし、マイナスにもなっている。

ここに、中井庄五郎の二十一年の短い歴史がある。

一八四七年　十津川村に生まれる
一八五八年　安政の大獄　十一歳
一八六〇年　桜田門外の変　十三歳
一八六二年　寺田屋事件　十五歳
一八六三年　天誅組挙兵　十六歳
　　　　　　初めて京に上る　十七歳
　　　　　　正しくは十六歳と何カ月か
一八六四年　文武館開校
　　　　　　池田屋事件
　　　　　　蛤御門の変　十七歳
一八六五年　那須盛馬と二人で上洛
　　　　　　三月中旬夜、京都で酔って新撰組
　　　　　　の三人と喧嘩。那須重傷　十八歳
一八六六年　薩長同盟　十九歳

一八六七年　大政奉還
　龍馬暗殺
　龍馬の仇を討つため、天満屋へ斬
　り込み、死亡。二十一歳　正しく
　　は二十歳と八カ月

　この年表を見ると、中井庄五郎の短い人生の間に、様々な事件が起きているのだが、ほとんどの事件に、なぜか庄五郎は関係していないのである。関係しているのは、龍馬の仇を討つために天満屋へ斬り込んで、亡くなった一件のみともいえる。それで庄五郎の歴史は終わっていて、二十一年の間に起きた天誅組の挙兵とか池田屋事件、蛤御門の変、薩長同盟、あるいは大政奉還といったものに、庄五郎の名前は出てこないのだ。

　例えば、一八六三年に起きた天誅組の挙兵がある。首謀者は土佐藩の脱藩者、吉村虎太郎である。吉村虎太郎は、土佐藩を脱藩した第一号と言われ（二号が坂本龍馬）、京都で勤皇攘夷の旗印をかかげて決起した。

　この時、勤皇の志の高い十津川郷士たちにも檄を飛ばして、参加するように要請した。そこで、十津川郷士たち二〇〇人がその檄に応じて、五條代官所を攻撃したのである。

　しかし、挙兵の翌八月十八日に、彼らの後ろ盾になっていた長州藩が、会津と薩摩両藩の策略によって賊軍とされ、京都から追われてしまい、天誅組も自然に賊軍にされてしまった。この時、天誅組に参加した十津川郷士の主な四人が、それぞれ自刃したり、賊徒として処刑されたりしている。

深瀬繁理　天誅組の挙兵に応じ、野崎主計と転戦。捕らえられて斬首。三十七歳。

野崎主計　天誅組総裁、吉村虎太郎の呼びかけに応じ郷士を率いて参加。各地で戦うも政変によって賊徒とされると、その責任を取って自刃。四十歳。彼の死後五年で明治維新と成り、天誅組は義挙と改められた。

（辞世）討つ人も討たるる人も心せよ
　　同じ御国の御民なりせば

玉堀為之進　天誅組に援兵を求められた十津川は、即刻これに応じたが、庄屋だった玉堀は、慎重論を唱えたため、同志によって斬首された。五十三歳。

（辞世）国のため　仇なす心なきものを
　　仇となりしは恨みなりける

天誅組が賊軍にされずに、この人たちが明治維新まで生きていたら、維新の功労者になっていたはずである。

したがって、この事件が十津川郷士たちに与えた衝撃は、大変なものだったと思われる。

この時、庄五郎は十六歳。多感な年頃だし、当時の十六歳は大人扱いされていた。それなのに、彼がどう考え、どう反応したか全く分からない。

その二年後、十八歳の時、庄五郎は京都から十津川に帰っていた。

もっとも十七歳の時に、京都御所の警固のため上平主税に率いられ、二〇〇人の一人として上洛している。

しかし、御所の警固の任は与えられず、神社や中納言邸の警固に当たっていた。京都の町は、勤皇、佐幕の両派で騒然としていたが、庄五郎の仕事は、退屈だったと思われる。たぶん、騒乱の都なら、得意の剣を振るうチャンスがあるだろうと期待しての上洛だったに違いなかったからだ。

退屈して、十津川郷に帰ってしまったのではない。リーダーの上平主税に帰されてしまったのだ。

上平主税という人は、十津川郷には珍しい医者で、インテリで、武より文、礼の人である。

二〇〇人を連れて上洛したものの、その中に粗野で無学な者が多数いることに愕然とした。上平主税としては、我慢がならず、十津川郷に戻して代わりの者を上洛させていた。

そんな主税の眼には、庄五郎は、御所の警固には向かないとして、交代させられてしまったのだ。

十津川郷に帰った庄五郎は、たちまち退屈を持て余した。

京都では、御所の警固はやらせて貰えなかったものの、息をする町は、勤皇、佐幕入り乱れて、斬り合う戦場である。

それに比べて、十津川郷は、天誅組の傷あとは残っていても、もともと、それに関心のなかった庄五郎だから、何もないのと同じだった。

彼がやることといえば、剣の修行しかない。「十津川郷一の剣の達人」と呼ばれるようになったのだが、そのため、稽古相手がいなくなってしまった。

その頃、庄五郎は、刀の鞘を赤く塗って差していた。いわゆる赤鞘である。目立つから、喧嘩を売ってくる者がいる。後に坂本龍馬が庄五郎に贈った刀も、赤鞘である。

しかし、十津川郷では、赤鞘を差して歩き回っても、彼に喧嘩を売ってくる者はいない。逆に、怖いと逃げられてしまう。

そのうえ、庄五郎は、口数が少なかった。幼少の頃の吃音(きつおん)が原因だったといわれるが、治ってからも寡黙さは変わらなかった。

　庄五郎は背が高く、半身の姿勢で歩く。眼だけが光り、ほとんどあいさつもしないのだから、村人たちに、気味悪がられても仕方がなかった。

　孤独な庄五郎は、ますます剣の道に励む。

　ある時、急流に膝まで浸り、水面を飛び交うつばめを狙った。

　つばめは早く飛び、そのうえ、一瞬にして方向を変える。庄五郎は、狙って斬りつけた。普通の剣士なら、つばめは逃げきれたはずなのだが、庄五郎の剣は、二寸、三寸、伸びてくる。そのため、つばめは逃げきれずに落下してしまった。

　瞬間、庄五郎は快感に襲われた。次には昼間だけではなく、早朝の朝もやの中でも、つばめを斬った。

　そのうちに、五月を過ぎたのに、十津川郷に、つばめが見られないという声が出はじめた。庄屋たちが集まって調べて、庄五郎の仕業と分かり、叱責され、ますますすることがなくなってしまった。

　そんな時に、那須盛馬に出会ったのである。

2

　若い那須盛馬は、田中光顕と一緒に土佐を脱藩して、京都で勤皇の志士として動き回っていたのだが、新撰組に眼をつけられ、十津川郷に逃げてきた。

　田中光顕のほうは、十津川郷では大人しく学問を教えたりしていたが、新撰組の狙いは、学のある田中光顕だと思われるから、那須にはなおさら十津川郷での生活は退屈である。

そんな時、同じようにひまを持て余している庄五郎と出会ったのだ。

那須盛馬の年齢は不明だが、土佐藩を意識して脱藩しているから、二十二、三歳といったところだろう。

庄五郎のほうは剣だけの男で、一見すると、傲慢な感じなのだが、意外に長幼の序を重んじるところがあった。この時代の武士、郷士の特徴である。

幕末をもっとも気ままに生きたと思われる高杉晋作でさえ、常に父親のことを心配して、戦塵の中でも、絶えず父親に手紙を送っている。この父親は、小禄の武士で、典型的な小役人だったが、激動の時代の中にありながら、おろおろと家族のことばかり考えている。息子の邪魔ばかりしているような父親なのだが、そんな父親のことを、晋作はいつも心配しているのだ。

幕末は、殺伐とした時代である。特に京都では勤皇と佐幕に分かれて殺し合っている。勤皇方は、天誅と称して幕府の人間を殺し、幕府方は、新撰組が連日、市内で勤皇方の人間狩りをしている。

そんな時代でほっとするのは、儒教の教えがまだ生きていて、長幼の序が保たれていることである。

庄五郎も年長者のいうことは、よく聞いている。上平主税に従って、初めて上洛した時も退屈な神社や中納言邸の警固を一生懸命にやっているし、後年、坂本龍馬に心酔した理由の一つは、龍馬のほうが年長だったからだろう。

那須盛馬の話を信用したのも、彼のほうが自分より年長だったからに違いない。

二人が、どんな話をしたのかは分からないが、新撰組の話はしたはずである。

若い那須盛馬が、庄五郎に向かって、新撰組について、どんなふうに話したかは想像がつく。

「田中光顕さんは、もともと文人肌で、剣には、からきし自信がないから、新撰組が来るといえば、逃げ回っていたね。おれは、むしろ、新撰組の奴(やつ)らが、どのくらい強いのか、試してみたかったよ。田中さんと一緒に逃げなきゃいけないんで、それが出来なくて残念だった」

くらいのことを、いったはずである。若いし、腕に自信があるから、やる気まんまんだった。

盛馬に、逃げ回っているといわれた田中光顕は、十津川郷に逃げた後、さらに追っ手が来るという噂で、十津川郷から他藩にまで逃げ、そこの有力者に匿われるのである。

ただ、田中光顕の名誉のために付け加えれば、ただ逃げ回っていたわけではなかった。

弁の立つ田中光顕は、今のままでは、倒幕は難しく、王政復古は実現できない。必要なのは、長州と薩摩が手を組む、薩長連合である。そう考えて、わざわざ長州に行って、高杉晋作や桂小五郎を説得するのだ。

高杉晋作や桂小五郎などの若い藩士は、もっとも強硬に薩摩と手を組むことに反対していた。理由は簡単だった。八・一八の変で、薩摩は、会津と手を組んで、長州を京都から追放したのである。その時、薩摩は、長州を賊軍扱いしたのだ。その恨みが消えずに、高杉晋作たちは、薩摩を信用できないのである。

だから、田中光顕が試みた説得は大変だった。

薩長連合というと、とかく坂本龍馬が有名だが、田中光顕が必要を感じて、長州の説得に当たったのは、龍馬や中岡慎太郎の動く八カ月も前である。いかに先見の明があったかだろう。

この功によって、維新後の新政府で、光顕は宮内大臣になり、爵位まで受けている。

庄五郎の反応は、もちろん田中光顕とは違ったが、盛馬とも違っていた。

一瞬、庄五郎が眼を閉じてしまったので、盛馬は、自分が怖がらせてしまったのかと、錯覚したのである。

「大丈夫だ。上洛するなら、おれも一緒だ」

と、相手の肩を叩いた瞬間、庄五郎は、

「わあッー」

と、叫ぶと同時に、自慢の赤鞘の剣を抜き放ったのだ。

盛馬は、驚いて、

「どうしたんだ?」

と、きくと、庄五郎は、、

「おれは、おれは――」

と、どもってから、

「嬉しいんだよ。分かるか。嬉しいんだ」

「何がだ?」

「上洛すれば、新撰組に会えるんだろう? 連中は、そんなに強いのか?」

「強い」

「どんなに強い?」

「京都三条の池田屋旅館に、尊攘派の志士三〇名が集まっているところへ、新撰組が斬り込んで、七名を斬り、五名を捕らえた」

「新撰組は、何人だ?」

庄五郎は、眼をキラキラさせて、きく。

「それが、大事なことか?」

「おれにとっては、大事だ」

「はじめは、近藤勇や沖田総司たち五人で斬り込んだといわれている」

「そうか。五人か。五人と三〇人か」

　庄五郎は、嬉しそうに、いう。

「近藤勇ら五人で三〇人を制圧しているところへ、土方歳三の率いる別働隊一四人が駆けつけて、七人を殺し、五人を捕まえたんだ。一方的な戦いだったらしい」

「近藤勇は、そんなに強いのか？」

「新撰組隊長だ。天然理心流だ」

「聞いたことがないな」

「近藤勇自身が編み出した流派だともいわれている。実戦派らしい」

「近藤勇と一緒に斬り込んだ沖田総司は？」

「新撰組の若手では、第一の遣い手と評判だ」

「若手第一？　いくつだ？」

「確か、池田屋へ斬り込んだ時が十九歳だと聞いている」

「十九歳か。いいねえ。十九歳ね」

「なぜ、そんなに嬉しいんだ？」

「他に、強い隊士はいるのか？」

「腕に自信の浪人たちの集まりが新撰組だから、みんな強いだろう」

「中でも飛び抜けて強い奴を、教えてくれ」

「特別にか。今いった近藤勇、土方歳三、沖田総司の他に、強いと噂されるのは、斎藤一、永倉新八かな」

「詳しいな」

「今、おれたち勤皇の士にとって、京都で怖いのは、京都所司代でも、会津でもなくて、新撰組なんだ。奴らは、群れを作って、京都の市中を歩き回り、志士を見れば、いきなり斬りつけてくるからな」

「近藤勇、土方歳三、沖田総司、斎藤一、永倉新八か。覚えたぞ。すぐ京都に行こう」

「まるで、好きな女に会いたいみたいだな」

「ああ、連中に会いたいよ。会って、剣先を交わしてみたい」

「殺されるかもしれないぞ」

「いや、おれの居合の剣先をかわせるかどうか。それを試してみたいんだ」

庄五郎は、自分が殺されることなど、微塵も考えていなかった。つばめさえ、かわせなかったのだ。人間にかわせるはずがないと、庄五郎は思っている。

「朝になると、邪魔が入るかもしれん。夜のうちに出発しよう」

と、庄五郎が、いった。

二人は、その夜のうちに、あわただしく十津川郷を出立した。

上平主税たちが、京都御所の警固に励んだため、市中に十津川郷の屯所を設けることが許されていた。

京都に着いた二人は、その屯所にもぐり込んだ。十津川郷の京都での責任者、上平主税には届けていない。

翌日から、二人は夜になると、居酒屋で飲み、京都市内を歩き回った。

庄五郎は、新撰組の強い連中に出会いたいのだが、いっこうに出会えない。日ごと場所を変えてみたが、同じだった。

だからといって、新撰組の屯所のある壬生に乗り込んでいくわけにもいかない。

「なぜ、出会わないのか？」

と、庄五郎は、いらだったが、会わないのが当然だった。

新撰組には、会津藩から京都守護の礼として、数百両が下賜されている。新撰組の幹部は、その金を使って高級料亭で飲んでいるのだが、金のない庄五郎と盛馬は、居酒屋で飲むしかなかったからである。

新撰組の幹部のほうは、料亭に女を呼んで、そのまま一夜を過ごしてしまうことがある。庄五郎たちは、居酒屋で一夜を過ごすわけにもいかないから、酔うと近藤たちを求めて、市内を彷徨（ほうこう）することになる。

祇園（ぎおん）界隈を歩き、高瀬川沿いを歩き、時には、賀茂川（かもがわ）の川原に寝そべって、夜空を眺めて時間を潰す。

若い新撰組の隊士の群れにぶつかっても、庄五郎は、無視した。彼が出会いたいのは近藤勇であり、土方歳三であり、沖田総司だったからである。

この日も二人は、したたかに酔って、高瀬川沿いを歩いていた。

料亭の塀が続く。

塀の向こうは灯が明るく、人の騒ぐ声と、三味線の音が聞こえてくるのだが、こちらの狭い通りに、人はいない。歩いているのは、安酒に酔った庄五郎と盛馬だけである。

盛馬が、やけ気味に大声で、土佐高知の音頭を唄（うた）い出した。

とたんに、料亭の二階の窓が開いて、

「うるさいぞ！」

怒声と共に、何かが飛んできた。

盃（さかずき）だった。盃と共に酒の雨が降ってくる。

盛馬は、あわてて避けたが、庄五郎は、なぜか避けもせず、二階に眼をやって、ニヤリとした。

窓から身を乗り出した客が、新撰組の羽織姿だったからである。

「新撰組のお方か？」

と、庄五郎が、声をかけた。

「それがどうした？」

「近藤勇殿か？」

「違う」

「土方歳三殿か？」

「違う」

「沖田総司殿か？」

「違う」

「それなら用はない。顔を引っ込めろ」

「おれのことを、何かいっている奴がいるのか？」

少しばかり甲高い声がして、窓の顔が代わった。

細い顔に、眼がやたらに光っている。

その眼が、庄五郎を上から見すえた。

庄五郎が、嬉しそうに、ニヤッとして、

「沖田総司殿か？」

「そうだが、おれに何の用だ？」

「あんたの刀を見せてくれ」

と、庄五郎が、いった。

「おれの刀を見たら、死ぬぞ」

「死ぬかどうか試したい」

「よし。これから、おれの刀を見せてやるから、そこを動くなよ」

沖田の顔が、窓から消え、ドドッと階段をおりる音がしたかと思うと、木戸が開いて、三人の若侍が飛び出して来た。

「おい、三人だぞ」

と、盛馬が、小声で、庄五郎の背中を突いた。

だが、庄五郎は、相手が一人だろうが三人だろうが、とにかく新撰組の俊英と出会えたことが嬉しくて仕方がないのだ。

「真ん中が、沖田総司殿に間違いないんだな？」

「その前に名前は？」

「十津川郷士、中野庄五郎」

それで、三人が、笑い出した。

「郷士の小倅か」

「怪我をせぬうちに帰れ」

「そのお二人の姓名を伺いたい」

庄五郎が、期待を籠めて、きいた。

また、盛馬が、庄五郎の背中を小突いた。

「まずいぞ。斎藤一と永倉新八だ」

「斎藤一と永倉新八か。嬉しいぞ」

「何をごたごたいっているんだ。おれの刀を見せてやるから、ついて来い」

沖田が、背を見せて歩き出した。庄五郎も、それについて歩き出した。

前方に見えるのは、小さな神社だった。祭りが近いのか、提灯がいくつか揺れている。

だが、盛馬は動こうとしない。それが、ふいに逃げ出した。

「逃げるな！」

と、斎藤一が、追いかけていく。

「お前は、逃げないのか？」

残った永倉新八が、きく。

「どうして？」

と、庄五郎が、きき返した。

三人で、神社の境内に入る。

沖田総司が、くるりと振り向くと、無造作に刀を抜きはなった。

「無銘正宗。近くで見るか」

沖田が、声をかけてくる。

それに対して、庄五郎は、腰を低くして、じっと、沖田を見つめた。

(沖田を斬れるか？)

そんな眼で、庄五郎が見つめていると、沖田は、いきなり三尺ほど飛び退がって、

「居合か？」

と、いった。

庄五郎が、黙って、間合いを詰めていく。

沖田は、それに合わせて退りながら、眼は、相手の異様に長い右手に注がれていた。

「どうしたんだ？」

と、永倉新八が、沖田に声をかける。

沖田は、大きく息を吐いた。

(このままでは、斬られる)

安易に刀を抜いたのが間違いだった。その瞬間、沖田が、劣勢に立たされてしまったのだ。

刀を納める瞬間、斬られる。と、いって、このまま斬りつけたら勝てるという自信が、持てない。

(あの右手が怖い)

沖田が動けば、その瞬間、この男は、あの低い姿勢のまま、横に払ってくるだろう。

(三寸か)

と、沖田は、読んだ。剣先が、三寸足らなければ、こちらが殺される。

それに、この男の構えも異様だ。沖田は、居合の相手と何回か戦っている。いずれも同じ構えだった。だが、この男は、違う。

まるで、地を這う獣のように低い。今、沖田が上段から振り下ろせば、この男は、同時にこちらの脚を払ってくるだろう。

(間に合わぬ)

と、思った。

三寸だけ、男の剣先が、こちらのそれより早く、沖田の脚を払ってしまう。

沖田自身の吐く息が、聞こえるのに、男の息が聞こえてこないのだ。

（このまま動かなくても、負ける）

と、思った瞬間、斎藤一が、大声を発しながら、飛び込んできた。

「おれのほうは、すんだぞ。小僧は、血だらけで逃げ去った。こっちは、どうなってる？」

わめきながら、突然の侵入である。

斎藤一の大きな身体が、沖田と庄五郎の間に、飛び込む形になった。

沖田は、その一瞬を利用して飛び上がって、男との距離を広げ、刀を鞘におさめた。

（これで、斬られずにすんだ）

と、大きく息を吐いた。

庄五郎も、姿勢を戻していた。

そんな二人の顔を、じろじろ見てから、斎藤一は、永倉新八に向かって、

「斬り合いはなかったのか？」

「ああ、なかった」

「沖田にしては、珍しいじゃないか。今ごろ、田舎侍は死体になっていると、思っていたんだがな」

斎藤一は、大声を出す。

そんな斎藤一に向かって、庄五郎が、きいた。

「おれの連れは、無事でしたか？」

「血を流しながら、逃げていった。可哀そうだから、止めは刺さなかったが、あんたから注意しとけよ。もっと腕を磨いてから剣を抜けとな」

「いっておきます」

庄五郎は、三人に背を向けて、歩き出した。

沖田が、急に声をかけた。

「もう一度、名前を教えて欲しい」

「十津川郷士、中野庄五郎」

「また会いたい。その時は、そちらの刀を見せて欲しい」

「また会うことになりますよ」

と、庄五郎は、いった。

十津川郷の屯所に戻ると、那須盛馬が、傷の手当てを受けていた。手当てをしているのは、医者でもある上平主税だった。

「大丈夫ですか？」

と、庄五郎が、きく。

「左足に二カ所、左肩三カ所に刀傷。新撰組の沖田、斎藤、永倉の三人と斬り合ったそうだが、よく生きていたな」

と、上平主税が、いった。

(斎藤一は、初めから遊び半分で、盛馬に斬りつけたんだろう)

と、庄五郎は、思った。それでなければ、死んでいるはずだ。

「庄五郎の京での仕事だが」

と、主税が、いった。

庄五郎は、勝手に上洛してきたので、あわてて、

「那須さんが、急に京都へ行きたいといわれたので、案内してきたもので……」

「那須盛馬殿は、手当てをすませてから十津川郷に戻して、温泉治療をさせる。四、五カ月もすれば、傷口もきれいになるはずだ。それより、お前のことだ」

「十津川郷に戻らなければいけませんか？」

「せっかく上洛してきたんだから、京で人に会い、

知識を広めなさい。お前は、剣は強いが、学問のほうは、からきしだ。本も読まない。せめて年長者に会って、話を聞きなさい」

「それなら、薩摩屋敷に行ってみます」

と、庄五郎は、いった。

前に上洛した時、庄五郎以外にも多くの十津川郷士が、薩摩屋敷を訪ねていた。当時、京都の薩摩屋敷を預かっていたのは、西郷吉之助、大久保一蔵たちだが、大久保は政務に忙しく、客の相手をするのは、主に西郷だった。

西郷は、どんな人間でも受け入れた。だから、他藩の藩士も訪ねてきたし、脱藩した浪人もやって来た。十津川郷士もである。

西郷は、彼らに飲食させ、小遣いを与え、時には新撰組に追われた勤皇の志士を匿ったりもした。

それは、もちろん思惑があってのことである。

西郷は、強烈な倒幕論者だった。徳川幕府を倒さなければ、新しい国家は作れないと固く信じている。

その点が、坂本龍馬と大きく違うのだ。龍馬は、徳川慶喜が大政奉還すれば、それで戦争をやめ、全員で新しい政府を作ればいいと、考えていたのだが、西郷や大久保は、それでは幕府の力が残ってしまい、完全な維新にはならないと考えていた。

しかし、大政を奉還した徳川慶喜に対して、戦いを挑むわけにもいかない。何とか、幕府側から戦いを始めるようにしたい。

そこで、西郷が考えたのが、江戸で騒乱を起こすことだった。幕府が、これを押さえきれず、その背後に薩摩藩がいると知って、江戸の薩摩藩邸を攻撃してくれれば、それを機に幕府を倒すことが出来るというのが、西郷の考えだった。

ただ、江戸で騒乱を起こすのに、薩摩藩士を使うわけにはいかないので、他藩の脱藩者などを集めていたのである。

後日、西郷の指示で、彼らは江戸市中で騒ぎを起こす。放火、略奪、喧嘩などを繰り返し、市中取り締まりに当たっていた庄内藩が我慢しきれなくなって、江戸の薩摩藩邸を焼き討ちするのである。

その知らせを受けた西郷が、これで討幕は成功すると、ニッコリ笑ったというのは、有名な話である。

庄五郎は、他の十津川郷士と一緒に薩摩藩邸に出入りするようになった。リーダー格の上平主税は、御所の警固に当たる郷士たちの装備の貧しさが気になって仕方がなかった。薩摩、長州、会津の藩士たちは、最新式の洋式銃を持ち、立派な服装で御所の警固に当たるのに、十津川郷士は、いまだに火縄銃で、服装も見劣りする。

だが、金がない。そこで、主税は、西郷に会うたびに、何とか援けてくれないかと頼み込んだ。

その結果、同情した西郷が、金を出してくれて、十津川郷士も洋式銃を持ち、ボロ着の代わりに、服装も立派になった形（なり）で、御所の警固に当たれるようになった。

この働きかけに、庄五郎が協力したという話は、聞くことが出来ない。

疾風怒濤（しっぷうどとう）の時代である。

その時代に生きる若者なら、勤皇、佐幕のどちらにしろ、野心を抱いて、奔走するはずではないか。

庄五郎と共に、新撰組の三人と喧嘩をして負傷した那須盛馬は、十津川郷で温泉治療を受けた後、剣は封印して、田中光顕と一緒に、薩長連合のために奔走するのである。

しかし、庄五郎が、薩長連合に動いたという話もないし、その運動に興味を持ったという話もない。たぶん、洋式銃や洋式練兵といったことにも関心がなかったのだ。

これは、ある意味、稀有（けう）な性格であり、生き方である。悪くいえば、頑固で時代に鈍感なのだ。

時代に動かされない。庄五郎にとって関心があるのは、剣であり、剣を持って戦うことだったのだ。

3

しかし、庄五郎が、新撰組の沖田総司、斎藤一、永倉新八という腕自慢と対等に戦ったことは、たちまち京都中の噂になった。もちろん、薩摩藩邸に集まる様々な藩士たちや脱藩浪人たちの間ででもである。

その噂をきいて、意外な人物が、庄五郎に近づいてきた。

長州藩士、品川弥二郎である。

高杉晋作や山県有朋（やまがたありとも）ほど有名ではないが、長州藩を代表する勤皇の志士である。吉田松陰の松下村塾に学び、木戸孝允に従って、倒幕運動に働き、明治政府では、内相に就任している。

西郷が、品川弥二郎に、庄五郎を紹介したとは思えない。弥二郎の用件は、秘密を要する仕事だったからだ。

だとすれば、弥二郎は、庄五郎の剣の腕を耳にし、十津川郷士なら勤皇だろうと見て、会いに来たと考えるべきだろう。

弥二郎は、京都の料亭に、庄五郎を招待した。

近くに長州藩邸があったから、長州藩がよく使う料亭なのだろう。

　座敷には、同じ長州藩士がいた。

「尊皇攘夷の志を同じくする村岡伊助君です」

　と、弥二郎は、庄五郎に紹介した。

　当時、長州の若い藩士の間では、自分のことを僕と呼び、友人を君と呼ぶのが流行(はや)っていた。

　村岡伊助も、庄五郎に向かって、

「十津川郷士の中野君か。お互い、勤皇の志士として大いに奮闘しよう」

　と、いい、急用があると断って、途中で帰っていった。

　その後、弥二郎は、急に声を落として、

「中野君に、人を一人、斬って貰いたい。報酬は、五十両」

　と、いった。普通の人間なら驚くのだが、庄五郎は、顔色一つ変えずに、

「殺す相手は、誰ですか？」

「今、帰っていった村岡伊助だ」

　と、弥二郎は、いう。

　それでも、庄五郎は、驚きもせず、

「強いのか？」

　と、きいた。

「僕も、手に余る」

　弥二郎の、その言葉に、庄五郎は、あっさりと、

「引き受けよう」

「理由(わけ)をきかないのか？」

「話したければ、話せばいい」

「村岡伊助は、長い間、尊皇攘夷の同志だと信じていたが、ここに来て幕府側とも通じているらしいことが分かってきた。このままでは、こちらの動きが幕府側に筒抜けになり、犠牲者が出る。その前に斬りたいのだが、向こうも油断がないし、

何よりも腕が立つ」

「分かった」

「斬れるか？」

「斬れる」

「もう一つ頼みがある。斬った後、村岡伊助の懐を調べて、裏切りの証拠を見つけて貰いたいのだ」

「証拠か」

「幕府方からの手紙ならば、一番いい」

「分かった」

「証拠を手にした場合は、別に百両の礼をする」

「長州の剣は、何流だ？」

「村岡伊助は若い時、江戸の千葉道場に通っていたことがある」

「そうか。北辰一刀流か」

　と、いって、庄五郎は、嬉しそうに、笑った。

　弥二郎は、少し心配になって、

「この件は、あくまでも内密に、お願いする」

「全て承知」

　と、庄五郎は、立ち上がっていた。

　次の日から、庄五郎は、主として長州藩邸の周辺を歩き回った。

　その後、弥二郎から、村岡伊助には、京に女がいると連絡があった。祇園の女で、家を持たせているという。その金は、幕府方から出ているのではないかと、弥二郎は疑っているのだが、庄五郎は、そんな細かいことに関心はなかった。

　庄五郎の関心は、伊助を斬ることであり、その相手が北辰一刀流の遣い手であるということだけである。

　先日は、沖田総司の剣を見た。あれは、天然理心流だった。今度の相手は、北辰一刀流。それも、江戸の千葉道場だという。それを考えただけでも、庄五郎は、ぞくぞくしてくるのだ。

だが、なかなか村岡伊助に出会えない。そのうちに弥二郎からの連絡で、村岡が江戸屋敷に行き、半月は戻らないと教えられた。

庄五郎は、最近、薩摩屋敷で知り合った土佐の脱藩藩士、坂本龍馬に会いに行った。

庄五郎は、薩摩屋敷で様々な人間と知り合うようになっていた。勤皇の志士が多いのだが、彼らとは、なかなか親しめなかった。若い庄五郎に向かって、とうとうと、勤皇攘夷を説き、倒幕の声を上げる。それが庄五郎には退屈なのだ。

その点、龍馬は違っていた。話が面白い。難しいことは、いわない。好きな女がいることを隠さない。だから、知り合ってすぐ、龍馬の妻のお龍さんと一緒に酒も飲んだ。

「私が酔っぱらってる時に、新撰組が殺しに来たら、お前さんが守ってくれよ。その間に、私は逃げるから」

と、笑いながら、いったりする。

そんな、自由な龍馬の生き方が、庄五郎は好きだし、羨ましいのだ。

今夜は、少し違った用向きなので、庄五郎は、いつもより緊張している。

龍馬が、近松屋にいるというので、庄五郎は出かけていった。

近松屋では、前に一回会っている。あの時は、気軽く会えたので、今日もそのつもりだった。前回と同じく、店番の小僧がいたので、

「坂本さんは二階だろう。上がらせて貰う」

と、勝手に上がろうとすると、小僧は、前に立ちふさがって、

「駄目です。どこの誰かを名乗ってください」

「おれだよ。中野庄五郎だよ」

「どこの中野庄五郎さんですか？」

「だから、十津川郷の中野庄五郎だ」

「では、その旨を伝えますから、ここで待っていてください。動かないでくださいよ」

「何かあったのか？」

　と、庄五郎が、きいたが、小僧は、返事をせず、階段を上がっていって、

「十津川郷の中野庄五郎さんが来ています」

　と、きちんと報告している。

「いいよ。上がってきなさい」

　龍馬の声が、聞こえて、やっと庄五郎は、二階に上がることを許された。

　龍馬が、障子を開けて迎えてくれた。

　部屋にいたのは、龍馬と中岡慎太郎の二人だった。二人とも、少し酔っている感じだった。

「まあ、一杯、飲みなさい」

　と、いわれ、一杯、飲み干してから、

「何かあったみたいですね？」

　庄五郎が、きくと、中岡慎太郎が、笑って、

「それだけ、おれたちの存在が大きくなったんで、喜んでいるんだ」

　具体的なことはいわないが、新撰組などの追及が厳しくなってきているのだろう。

　龍馬は、それには触れず、

「新撰組の三人と戦って、気合負けしなかったそうじゃないか」

「実際に戦ったのは、沖田総司ひとりです」

「それで、勝ったのか？」

「沖田の天然理心流、見切りました」

「そうか。見切ったか」

「沖田も、そのことに気づきました。怖い男です」

「それで、今日は何の用だ？」

「坂本さんは、千葉道場でしたね？」

「そうだが」

「北辰一刀流ですね？」

「千葉定吉の門で学んでいる」

「それを見せてくれませんか。北辰一刀流が、どんな形かを知りたいんです」

「お前さんとの試合は、ごめんだよ。まだ死にたくないからね」

「ただ、形だけを見せてくだされば��いんです」

「そうか」

龍馬は、立ち上がると、刀掛けから大刀を摑（つか）むと、無言で抜き放った。

正眼に構えて、じっと庄五郎を見る。

庄五郎も見返した。が、すぐに頭を下げて、

「ありがとうございます」

「北辰一刀流を見切ったか？」

「見切りました」

龍馬は、その理由はきかずに、

「あまり無理するなよ」

とだけ、いった。

その二日後、品川弥二郎が、自ら十津川郷の屯所へ来て、

「村岡伊助が、急に江戸を発って、京都に向かうという知らせが入った。たぶん、幕府方から何かの指示を受けて、急遽（きゅうきょ）、京都に行くことになったのだろう。したがって、京都に入ったところで必ず斬って欲しい」

と、知らせた。

「村岡伊助は、どちらから京に入るのか、教えて貰いたい」

「あの男は、いつも夕刻に五条大橋を渡って、京

に入り、祇園の女の家に寄ってから長州屋敷に帰る」

「では、五条大橋の袂で斬る」

と、庄五郎は、いった。

二日後の夕刻、庄五郎は、五条大橋の袂にいた。

夕暮れが近づくと、大橋を渡る人影も、急に少なくなる。

橋の両端に、提灯の明りが点る。

その灯の中に、村岡伊助の姿が現れた。

足早に、こちらに向かって歩いてくる。

それに合わせて、庄五郎は、前を塞ぐかっこうで、村岡伊助の鼻先に出た。

「脅かすな！」

と、村岡は、怒鳴った後、

「君は確か、中野庄五郎君だったな？」

「あなたの北辰一刀流を拝見したい」

「何にぃ？」

一瞬、飛び退ると、大刀を抜く。いや、抜こうとした。

庄五郎は、飛び退る相手に、そのまま身体をあずけるようにして、斬りつけた。

確かな、目まいのする快感。村岡伊助の身体が、音もなくゆっくりと崩れ落ちていく。

悲鳴もない。

その死体を、自分の身体で隠すようにしながら、素早く懐から書状の入った包みを抜き取った。

そのまま、庄五郎は歩き出した。

風が冷たい。が、心地よい。

努めて、ゆっくりと歩く。祇園の横を抜けて、長州屋敷の前に出ると、そこに品川弥二郎がいた。

短く、

「斬ったか？」

「斬った。懐から、この書状を奪ってきた」

弥二郎は、それを屋敷の灯にかざした。

「まぎれもなく、幕府方の書状だ。これを持ち帰って、明日、仲間の間で回覧するつもりだったのだろう」

弥二郎の声が、興奮して、甲高い。

「まず、これが礼金だ」

と、用意した五十両を、庄五郎に渡す。

「あと、この書状の中身を確かめてから、百両を持ってくるから、ここで待っていてくれ」

「いや、これでいい」

と、庄五郎は、笑って、手を振った。

「どうして？　百両だぞ」

「おれは今日、北辰一刀流を見切った。それだけで十分だ。その書状の中身には、興味がない」

と、庄五郎は、笑った。嘘ではなかった。

北辰一刀流の遣い手を倒すことが、彼を興奮させてくれるので、長州藩の内部抗争などには、全く興味がないのだ。

弥二郎は、戸惑った顔で、

「そうか」

と、中途半端に肯き、

「これから、どうするんだ？　酒を飲みたければ、すぐに酒席を用意するぞ」

と、いった。

「いや。今は、やたらに眠い」

「それなら、すぐ寝所を作るが――」

「ありがたいが、十津川郷の屯所に戻って眠る」

と、笑い、庄五郎は、ゆっくりと屯所に向かって、歩き出していた。

第五章　「奇は貴なり」の続きと事件

1

中井庄五郎は、つくづく不思議な人物だと思う。まず、その死に方である。

慶応三年（一八六七年）十二月七日夜、同じ年の十一月十五日に暗殺された坂本龍馬の仇を討とうと、この日、海援隊の陸奥宗光ら二〇人余りで、新撰組が集まっていた京都の天満屋に斬り込むのである。新撰組が龍馬を暗殺したと決めつけてである。

この時、応戦した新撰組も、二〇人余り、敵味方で合計数十人の乱闘である。

五、六人の死者が出たとしても不思議はないのに、何故か死者は一人だけ。それが剣の達人、居合の名手といわれていた中井庄五郎なのである。

不思議である。

同年十一月十五日に死んだ坂本龍馬について語る時、翌慶応四年に明治維新が成ることから、

「龍馬があと少し生きていたら、明治維新を眼にすることが出来たのに」

と、惜しむことが多い。

その伝でいけば、同年十二月七日夜に死んだ中井庄五郎は、もっと惜しまれるべきなのに、その声は全くといっていいほどない。これも不思議である。

更に調べてみると、庄五郎の二十一年の人生そのものが不思議に思えてくる。

彼が生きた時代は、幕末から明治にかけての、いわゆる疾風怒濤の時代である。黒船の襲来があり、勤皇佐幕が相争っている。京都では、毎日のように人が斬られていた。

理想を抱き、腕に自信のある若者なら、この時代こそ、わが夢を生かす時と、進んで時代に身を投ずる筈である。

ところが、中井庄五郎には、それが全くない。

庄五郎は、十津川郷士の生まれで、一般の武士ではないからと考える人もいるが、全く違う。

文久三年（一八六三年）、土佐浪士の吉村虎太郎らが、尊皇攘夷の旗印をかかげて、京都で挙兵した。天誅組である。これに応じた、十津川郷士一五〇〇人が一斉に立ち上がって、幕府の大和五條代官所を襲撃している。十津川郷士は、時代に敏感なのだ。

戊辰戦争の時でも、多くの十津川郷士が新政府軍兵士の一人として、北越戦争で戦っていて、中には、その戦功によって陸軍少将になった人もいる。

横井小楠（よこいしょうなん）という学者を、不敬の言動ありと誤解して暗殺したのも、十津川郷士である。

ある意味、時代を生き、時代に翻弄されたのが十津川郷士といえないこともない。

中井庄五郎は、その時代を、しかも十代の後半から二十一歳まで生きたのである。若者なら、この疾風怒濤の時代に身を投じた筈なのだが、庄五郎には、それが全くない。時代と無関係に生きたとしか思えない。

なぜ、そんな生き方をしたのか、大変興味があるので、その謎を調べたくて、筆を続けることにした。

ここに、庄五郎の小さなエピソードがある。

ここまでにも書いたことだが、庄五郎が十九歳から二十歳にかけてのころ、同じく、若い土佐浪士の那須盛馬と親しくなり、二人で京都に上った。

当時の京都は、勤皇、佐幕に分かれて戦っていた危険地帯だった。

勤皇派には、各藩の脱藩浪士が多く、佐幕派としては、見廻組や新撰組が代表だった。

庄五郎と那須盛馬の二人は、若くて腕に自信があるので、面白がって上洛したのだろう。

京都に入ると、毎夜酔っぱらって、京都の祇園界隈や河原町を闊歩したという。

悪くいえば、喧嘩を売って歩いていたのだ。腕試しである。

そして、見事に喧嘩相手にぶつかった。

新撰組の若手三羽烏（さんばがらす）、沖田総司、斎藤一、永倉新八の三人である。どちらから手を出したのかは分からないが、斬り合いになり、庄五郎は平気だったが、那須盛馬は手傷を負い、一時、十津川温泉で治療したといわれる。

いかにも若者らしい行動である。

ただ、この後が全く違う。

那須盛馬は、先輩で同じ土佐浪士の田中光顕に協力して、薩長同盟のために走り回るのである。

しかし、薩長同盟に賛成の西郷吉之助や、大久保一蔵といった薩摩藩士に比べて、一度、薩摩に裏切られている長州藩士たちは、いっこうに同意しない。

特に奇兵隊の高杉晋作や桂小五郎が、強硬に反対するので、わざわざ長州まで行き、二人に会って説得しているのだ。

薩長同盟は、その八カ月後、同じ土佐浪士の坂本龍馬や中岡慎太郎によって成立するのだが、その先駆となった田中光顕と那須盛馬の働きは、立派である。

特に、若い那須盛馬は、若さに任せて酔っぱらって、新撰組と無茶な喧嘩をした後、目覚めて天下国家のために薩長同盟を求め、身を粉にして走り回っているのは、見事という他はない。

ところが、一緒に京都で喧嘩を売っていた中井庄五郎のほうは、その後、何をしていたか分からないのだ。薩長同盟で働いたという記録もないし、他の勤皇運動に加わってもいない。

では、何をしていたのか？　何処にいたのか？

庄五郎は、京都にいた。

那須盛馬のほうは、手傷を負って京都を脱出して、十津川の温泉で傷の治療に当たっていたことは記録にも残っている。

たぶん、その間に、庄五郎は一人、京都に残っていた筈である。

そして、一人、何をしていたのか？

ここからは、想像の領域、小説の世界である。

2

庄五郎は、一人になってからも京の町を飲み歩いた。

酒には強いほうだったから、酔うことはなかった。これはと思う武士に喧嘩を売り、自分の腕を試したかったからである。

新撰組の沖田総司と出会った時の興奮と陶酔は、今でも庄五郎の胸に残っていた。

あの興奮を、もう一度味わいたい。

そのために、庄五郎は毎夜、酔って京の町を歩く。酔うのは、喧嘩をしやすくするためだった。なるべく強そうな相手に喧嘩を売る。

勤皇、佐幕は問わなかった。とにかく強い相手と出会って、一時の興奮と陶酔を味わいたいのだ。喧嘩になっても、庄五郎は、めったに抜かなかった。抜けば斬らなければならない。

向き合って構えた瞬間、庄五郎には、相手の腕が分かる。見切るのだ。

（斬れる）

と、分かった瞬間、庄五郎は、相手との立ち合いに興味を失い、黙って立ち去ることにしていた。

（運のいい奴）

と、思いながらである。

（一命を取り止めたぞ）


だが、時には、庄五郎が臆したと見て、斬りかかってくる者もいる。

そんな時は、どう応じるかを決めていた。

相手の剣を持つ手の甲を斬るのだ。骨までは斬らず、皮だけ斬る。

たいていの相手が剣を取り落とし、悲鳴を残して逃げ去っていく。

半月たつと、京の町に噂が流れるようになった。

「京の町に、夜な夜な奇怪な剣を振るう鬼が出る」

という噂だった。

噂は、どんどん広がっていった。

「鬼は、手がやたらに長く、逃げようとすると、その手を伸ばして襟首をつかんで引き戻す。相手が剣を振るうと、鬼は、その手の皮を斬る」

人々は、その奇怪な剣に怯えて、夜半になると歩く人が少なくなった。

庄五郎は、その噂に合わせて、鬼の面をかぶって、夜の京都を歩くこともした。それを見ると、たいていの男が逃げるのだが、怖いもの知らずの武士三人に囲まれたこともあった。

三人は、庄五郎のことを探していた感じだった。

「木村格之進を覚えているか？」

と、いきなり、一人にきかれた。

「いや。おれは、そんな名前は知らぬ」

「貴様に、剣を奪われたことを恥じて、切腹した男だ」

「そんなことで腹を切るとは、バカな男だ」

「言葉を慎め。われらは今夜、その男の仇を討つ。まず、面を取れ！」

と、相手が叫ぶ。

庄五郎は、面を取って、ニヤッと笑って見せた。

三人の中の一人が、

「無礼者！」

と、叫んで、いきなり斬りつけてきた。

軽くかわして、たたらをふむ相手の手の甲を斬った。

手の甲から、血が噴き飛ぶ。剣を取り落とす。

二人目が無言で、背後から斬りつけてきた。

こんな時、相手の剣をかわせば、三人目の剣がかわしきれない。

庄五郎は、かわすかわりに、下から斬りつけた。

一瞬でも、こちらの剣が、早ければ勝てる。

下から斬り上げた庄五郎の剣が、一瞬早く、相手の右手を下から斬り裂いていた。

骨は斬らず、手首に浮き出た血管二本を、斬り裂いたのだ。

血が噴き出し、悲鳴が上がり、剣を取り落とす。

その時、庄五郎は、すでに三人目の敵に向かって、剣を構えていた。

じっと相手を見据える。

その剣先がふるえていた。

庄五郎は、バカらしくなって、剣をおさめてしまった。

瞬間、相手は、庄五郎に向かって剣を投げつけて逃げ出した。

他の二人は、自分の落とした剣を拾って、これも逃げ出す。

この戦いの後、鬼の噂が、更に広がった。

こうなると、庄五郎を見て逃げ出す者もいれば、逆に挑んでくる者もいた。

庄五郎は、十津川村が、京都に設けた屯所に泊まっていた。鬼の正体が自分であることは黙っていたが、自然に、知れていった。

しかし、そのことに、庄五郎は無頓着だった。隠しもしなかったし、自慢もしなかった。

同じ十津川郷士の一人が、庄五郎に向かって、

「賞金首になったぞ」

と、教えてくれたことがあった。

「何のことだ？」

「お前の首に、二百両の賞金がかけられたんだ」

「二百両か？」

「ああ、二百両だ。会津藩の面々がよく利用する料亭のおやじが、かけたと聞いている」

と、いう。

「面白いな」

「怖くはないのか？」

「別に怖くはないが、この十津川の屯所に迷惑をかけるかもしれないな。出よう」

と、庄五郎は、あっさり、いった。

「何処の旅館がいいかな？」

と、今度は、庄五郎が、きいた。

相手は、しばらく考えてから、

「近江屋がいいんじゃないか」

と、いった。

「どうして、その旅館がいいんだ？」

「近くに薩摩藩邸があるから、新撰組に狙われた時、そこに逃げ込めばいい」

「薩摩藩邸なら、上平さんに連れていって貰ったことがある。そういえば、あの近くに旅館があったな」

「その旅館だよ」

と、教えてくれた。

翌日、庄五郎は、十津川村の屯所を出て、近江屋に移ることにした。

近江屋は、夫婦でやっている旅館だった。奥の小部屋に泊まることにして、お茶を持ってきた女将さんに、

「薩摩藩邸が近いから、薩摩の人間がよく泊まりに来るのか？」

と、きいてしまい、笑われた。

「自分らの藩邸が近くにあるのに、わざわざ旅館に泊まらはる人はいませんよ」

「確かにそうだ」

「京の都には、あんまり馴(な)れてはらへんようどすな」

「京の都から山を越えた、十津川村の郷士だ」

「十津川郷士はん」

「そうだ」

「おさむらいとは違うんかしら？　お百姓？　それとも猟師はん？」

「おれは、武士だと思っている」

と、庄五郎は、いってから、

「ここは、武士の客が多いと聞いたんだが」

「多いですよ。けど、脱藩したご浪人が多いんです。その人たちが、尊皇攘夷を叫んで新撰組と斬り合うから、一般のお客さんが怖がって来てくれはらへん。そうやよって、自然に、お客さんが、おさむらいばかりになってしまうんです」

「どこの藩の脱藩者が多いんだ？」

「今は、土佐のご浪人が多いかしら」

「その中に、腕の立つものはいないかな？」

「さあ。坂本龍馬はんと中岡慎太郎はんは、免許皆伝というんやけど、本当かどうか」

「坂本さんなら、薩摩藩邸で会ったことがある」

「今度会(お)うたら、聞いてみはったらよろしいやないですか。ほんまに免許皆伝かて」

と、いって、女将さんは、また笑った。

坂本龍馬に、薩摩藩邸で会ったことがあるというのは嘘ではなかった。

京都御所の警固に当たるために、十津川郷士二〇〇名を連れて、上平主税が上洛した時、その中に十七歳の庄五郎がいた。

初めての京だった。

尊皇攘夷の志が高かった上平主税は、薩摩藩邸に、しばしば出入りしていた。

何といっても、薩摩は大藩である。藩邸には西郷吉之助、大久保一蔵、小松帯刀、平野国臣(ひらのくにおみ)らがいたが、主として来客の接待をしていたのは、西郷吉之助だった。

西郷は、来る者は拒まずで、食事を用意し、酒を飲ませ、時には金を与えた。

そのため、藩邸には常に客がいた。客の多くは、脱藩した勤皇の志士たちだった。長州の脱藩浪士もいたし、土佐の脱藩浪士もいた。その中に、十津川郷士もいたのである。

彼らは、薩摩藩邸の中で顔を合わせ、時代の流れについてや、勤皇攘夷運動の将来についてなどを論じ合った。

西郷にしてみれば、将来、薩摩藩にとって役に立つ人間を育てているわけだが、西郷の人柄の良さが、敵を作らなかった。

だから、坂本龍馬にしても、西郷のために薩長同盟を考え、それを推進したのだろう。

西郷は、藩邸に集まってくる他藩の脱藩浪士たちにあたたかく接している。

十津川郷士の上平主税は、御所の警固で、二〇〇人の郷士を上洛させたのだが、長州、薩摩、会津の警固兵に比べて、十津川郷士のそれは、いかにも装備が古くさく、見すぼらしかった。だが、金が無いので、装備を新しく出来ない。

そこで、上平は、しばしば、薩摩藩邸を訪ね、西郷に窮状を訴え続けたが、西郷は、資金を出してくれただけではなく、十津川郷士たちに、洋式訓練まで受けさせてくれたのである。

庄五郎と二人で、京の町で新撰組と喧嘩をして負傷した土佐脱藩浪士、那須盛馬のこともある。

あの後、那須盛馬は、新撰組に恨まれ、つけ狙われるようになった。危険を感じた盛馬が、西郷に助けを求めると、西郷は、すぐ彼を薩摩藩士にしてしまったのである。新撰組も、大藩薩摩の藩士には手は出せない。

西郷に恩義を感じた盛馬が、西郷の望む薩長同盟のために働くようになったということも考えられるのだ。

坂本龍馬も土佐の脱藩浪士で、中岡慎太郎たちと裏で、大政奉還や薩長同盟の運動をしていたから、当然、反対派から命を狙われる。

危機に瀕すると、龍馬は、西郷を頼って薩摩屋敷に逃げ込んでいた。西郷のほうも、龍馬を匿うだけではなく、龍馬を助けるために、藩士を引き連れて、現場に駆けつけたりもしている。

こうしたいくつかのエピソードは、西郷の人間としての大きさや、あたたかさを示しているのだが、同時に、薩摩藩邸に集まる人たちは、社会を変えようと戦い、日本をどうするかを、西郷や坂本龍馬たちと論じ合っていたことだろう。若い浪士たちは、西郷や龍馬を中心にして、談論風発していたに違いない。

そんな中で、一番の変わり者は、中野庄五郎だった。

西郷に対して、全く助けを求めない。

庄五郎と二人で、新撰組と争った那須盛馬は、西郷に助けを求めて、薩摩藩士にして貰っているのに、庄五郎は、その後も平気で、ひとり酔っぱらっては京の町を闊歩していたのである。

主義主張を戦わせ、命を賭けて世界を変えようとする若者たちの中で、庄五郎ひとり、その議論の中に入って来ようとしなかった。

何に関心があるのかが分からないので、薩摩藩邸に集まる若者たちの中で、庄五郎に話しかけてくる者は、自然と少なかった。

しかし、坂本龍馬だけは別だった。

龍馬は、志士たちの中で、一人だけ浮いているような、この若者に興味を持った。庄五郎の政治観に興味を持ったのではなくて、庄五郎という人間に興味を持ったのだ。

今の時代、猫も杓子も政治を論じ、尊皇だ、攘夷だと叫ぶ。要人は暗殺され、自分もいつ殺されても不思議はない。

そんな空気の中で、全く政治に関心を示さない庄五郎が、龍馬には逆に、さわやかに見えたのだ。だから、薩摩藩邸で久しぶりに会った時も、龍馬のほうから、

「中野君」

と、声をかけた。

相手を君づけで呼ぶのは、当時の流行（はやり）だった。ちなみに、長州藩の高杉晋作たちの間では、自分のことを「僕」と呼ぶのが流行っていた。恰好（かっこう）よかったのである。

「君の噂は聞いているよ。京の河原町で、新撰組の沖田総司たちと斬り合ったそうだね」

と、龍馬が、いった。

「斬り合いではありません。見切り合いです」

「どういうことだ？」

「斬り合う前に、相手の力を測りました。あの時、沖田が先に動けば、一瞬の差で、おれが勝っていました。向こうもそれが分かって、最後まで動かず、私も抜きませんでした」

「しかし、君と一緒にいた那須盛馬は、新撰組の斎藤一に斬られて、重傷を負っているが」

「盛馬には、自分の腕と斎藤一との差が分かっていなかったのです。抜く前から、勝負は分かっているというのに、愚かな奴です」

「君ならどうする？」

「もちろん、逃げます」

と、いって、庄五郎は、笑った。

（さわやかな笑顔だ）

と、龍馬は、感じた。

「ところで、今、何処に泊まっているんだ？」

「これまでは、京にある十津川の屯所にいました

が、今は近江屋に寝泊まりしています」

「近江屋なら、私もよく行く。この薩摩藩邸に近いので、非常の時に逃げ込むのに便利だからね。君は、そんなことは考えないだろうが」

「考えたことはありません」

「何か困っていることがあれば、何でも相談に乗るが」

　と、龍馬が、いい、庄五郎が、

「実は、ひとつあります」

　と、身を乗り出そうとした時、奥から中岡慎太郎が、

「例のことで話し合いをするから、来てくれ」

　と、声をかけてきた。龍馬は、

「その件、必ず相談に乗る」

　と、約束して、奥へ消えた。

　二日後、近江屋の奥の小部屋で庄五郎が眼を覚ますと、二階が賑やかだった。

「お客さんですか？」

　と、きくと、女将さんは、

「坂本はんと中岡はんです。ああ、あなたと話がしたいと、坂本はんが、そないゆうてはりましたよ」

　と、いう。

「分かった」

　と、庄五郎が、階段を駆け上がろうとすると、女将が、慌てて止めた。

「大きな声で藩名と姓名をゆうてから、上がってください。坂本はんが有名になってから、その命を狙う人がようけになったさかい、用心することにしましたんや」

　庄五郎は、二階に向かって、

「十津川郷士の中野庄五郎です。上がっていいで

すか？」

と、大きな声を出した。とたんに、

「おう！」

と、声がして、

「すぐ上がって来い」

少し酔った声が、続いた。

二階に上がると、龍馬と中岡慎太郎の二人が飲んでいた。

「先日、困ったことがあれば、何でも相談に乗るといわれたので」

「そうだったな」

と、龍馬は、肯いてから、傍らにいた中岡に、

「約束を果たさなきゃならん。例の問題は、君に全て任せるよ」

と、いった。

「分かった」

と、中岡は肯いた後、庄五郎に向かって、

「龍馬に甘えたらいい」

と、いい残して、帰って行った。

二人きりになると、龍馬は、庄五郎に、

「今まで一番大切にしてきたことを教えてくれ」

と、いった。

「剣です」

庄五郎は、ためらわずに答える。

「それなら、この瞬間、一番大切にしていることは何だ？」

「やはり剣です」

今度も、ためらわなかった。

「なかなかいい。が、それにしては、君の差している剣は、安物だな」

龍馬にいわれて初めて、庄五郎が赤くなった。

「金がありません」

「それなら、私のものを君にやる。無銘だが、よく斬れるよ」

龍馬は、自分の剣を手に取って、ひょいと庄五郎に渡した。

「ありがたいが、坂本さんは、どうするんですか？」

と、庄五郎が、きくと、龍馬は、いきなり、ふところから拳銃を取り出して、銃口を向けて、

「私には、これがあるからね。君は、銃を使ったことがあるか？」

「剣しか興味がありません」

「君は、居合の名手だったな」

「居合は好きです」

「そこに座っているまま、私を斬れるか？」

「剣が届けば、斬れます」

「しかし、私の拳銃のほうが早いぞ」

龍馬は、拳銃を構えたまま、からかうように、庄五郎を見た。

「君が剣を抜く瞬間、私は、銃の引き金を引く。君の剣先が私に届くより先に、私の弾丸は、君の顔に命中する。眉間にめり込んで、君は死ぬ」

龍馬のその言葉が終わる寸前、庄五郎は、膳の上の盃を、龍馬に投げつけた。

盃と一緒に、酒が霧となって、龍馬に襲いかかる。

龍馬が拳銃を構え直した時には、庄五郎の抜き放った剣先が、その拳銃を叩き落としていた。

「参った、参った」

龍馬が声を上げた時、庄五郎は、剣を鞘におさめていた。

龍馬は、笑った。

「強いな」

と、いう。

「君には、私のように、剣を捨てる気はないのか？　剣の代わりに拳銃を持つ気はないのか？」

「ありません」

「剣は、時代おくれだよ。あと十年もしたら、誰もが剣を捨てて、銃を持つようになるはずだ」

「それなら、剣と共に死にますよ。剣の使えない世の中は、退屈でしょうから」

「もういい。君は、剣を使って生きたらいい。というより、それしか出来ない人間だ」

「剣で金を作れということですか？」

「別に恥ずかしいことじゃない。今の時代、誰もが同じことをやっている」

と、龍馬が、いった。

庄五郎は、黙って聞いている。

「ここ数年、いったい何があったか。まず、井伊直弼が幕府を守るためと称して、梅田雲浜、吉田松陰らを殺した。その井伊直弼は、桜田門外で水戸浪士たちに殺され、今度は、勤皇の志士たちが天誅と称して、幕府に味方する人間を次々に殺した。その数は、一六〇人に及んだ。誰もが、正義を叫びながら、殺しているのだ」

龍馬が、ゆっくりと話す。

「君は、人を殺すのが怖いか？」

「怖くはありません」

「心が痛むか？」

「いまだかつて、心が痛んだことはありません」

「それなら安心だ」

「――――」

「今、尊皇攘夷を邪魔する者は誰か、分かるか？」

「たぶん、新撰組でしょう」

「確かに、巨大な敵だ。池田屋事件では、新撰組によって、池田屋に集まっていた勤皇の志士たちの中、七名が殺され、多数が捕らえられた。この事件のため、維新は、少なくとも十年はおくれるといわれ、いまだに維新の夜明けは見えぬ。逆に考えれば、新撰組隊士を一〇人殺せば、五年は維新が近づくことになる」

「――――」

庄五郎は、黙って聞く。

「他に維新を邪魔する者として、各藩に残る旧勢力がいる。私の育った土佐藩でも、維新を目指して土佐勤王党が結成され、一九〇名が支持したが、旧勢力によって弾圧され、私も脱藩せざるを得なかった。こうした藩内に残る旧勢力こそ、維新の敵なのだ。この旧勢力を一人でも少なくすれば、それだけ維新は早まると、私は確信している。繰り返すが、これは正義である」

龍馬は、力を籠めて、話す。

庄五郎は、黙って聞く。彼に分かったのは、敵を殺すのは維新を早めるから、それは正義に通じるということだった。

突然、階下で、女将さんが大声を出した。

「急なお客様ですよ。どないします、お会いになりますか？」

「逃げるぞ。新撰組だ」

と、龍馬が、叫ぶ。

間を置かずに、階段を駈け上がる音が聞こえて、障子を蹴破って、若い二人の新撰組隊士が、部屋に飛び込んできた。

その二人に向かって、龍馬が拳銃を放った。

二人がひるむ。が、弾丸は当たらない。

龍馬が、窓から屋根に飛び移る。

それを追おうとする二人の隊士の前に、庄五郎が立ちふさがった。

二人が、斬りつけてくる。

(未熟だな)

と、感じ、庄五郎は、まず片方の隊士を無造作に斬り下げた。

今日は容赦なく、骨まで斬る。

たちまち、二人の利き腕が斬り捨てられ、悲鳴を上げて倒れる。

庄五郎は、ゆっくりと屋根に飛び移った。

龍馬は、すでに遠くまで逃げたと思ったのだが、近くの屋根瓦に腰を下ろしていた。

「逃げないのですか?」

と、きくと、

「今日の新撰組は偵察で、本隊は動いていないらしい。あの二人は、どうした?」

「斬り伏せました」

「そうか」

「拳銃はあまり当たりませんね」

「分かったのは、拳銃の有効距離は三尺以内ということだ」

と、龍馬は、弁明してから、

「今日、二人斬って、気分はどうだ?」

「意外に爽快です」

嘘ではなかった。

「それで、君の仕事は決まった。知人や友人に、君のことを話しておく。次の仕事が来ることになる」

「どんな仕事ですか?」

「少なくとも剣を使う仕事だということは、保証するよ」

と、龍馬は、微笑した。

(不思議な笑い方だな)

と、庄五郎は、思った。

龍馬には、まだそれほど多く会っていないのだが、庄五郎の知る龍馬は、黙って考え込んでいるか、哄笑(こうしょう)しているかのどちらかだったからである。

その後三日間、何の音沙汰もなかった。

龍馬の姿も消えた。薩長同盟のことで、中岡慎太郎と一緒に長州に行っているという噂があったが、真偽は定かではない。

四日目。

近江屋に泊まっていた庄五郎は、一通の封書を受け取った。

「十津川郷士　中野庄五郎様」

と、表に書かれている。

今朝、女将さんが起きて、雨戸を開けようとした時、挟まっている封書を見つけたのだという。

裏には、(龍)の印があった。

庄五郎は、部屋に戻って、中身を読むことにした。

「吉野卓之助　三十二歳　五尺三寸

この者、薩摩藩士にして示現(じげん)流の名手。薩摩藩と御所との連絡係を務めるも、裏切りの兆あり。斬首を至当と決定。中野殿に依頼す。明日夕刻、御所を辞す予定。

報償百両。他言無用」

吉野卓之助の人相書きも描かれていた。

(これが龍馬さんの約束した仕事か)

と、思ったが、不快感はなかった。

（示現流か）

そのほうに、関心があった。

示現流は、薩摩藩に伝わる流派である。

肉を切らせて骨を断つという極意が示すように、ひたすら重い木刀を振り下ろすのが稽古と、庄五郎は、聞いていた。

（その名手か）

ふと、庄五郎は、身ぶるいを覚えた。

翌夕。

庄五郎は、京都御所の近くにいた。

御所から薩摩藩邸に通じる道を、御所に向かって、ゆっくり歩いて行く。

（来た）

と、庄五郎が、足を止める。

相手も足を止めた。がっしりした身体つきの男だった。

「薩摩藩士、吉野卓之助殿か」

声をかけながら、庄五郎は、相手の反応を見たのだが、相手は、いきなり剣を抜き放って、上段に構えた。自分が狙われると予期していたのだ。

そのまま、間合いを詰めてくる。

次に、裂帛の気合と共に、上段から振り下ろしてくるだろう。

それを剣で受け止めれば、そのまま上から押し潰されてしまう。相手は、ひたすら、その稽古をしているのだ。

（剣の下は地獄か）

相手が、低く叫びながら、剣を振り下ろす。

庄五郎は、逃げもせず、剣で受けもせず、その代わり、相手のふところに向かって、低く跳躍した。

相手の眼がうろたえて動く。

庄五郎は、跳びながら抜刀し、横に払った。

怒号。

悲鳴。

血しぶき。

すべてをない交ぜに聞きながら、庄五郎は、そのまま倒れていく吉野卓之助の横を、すり抜けていった。

数刻の後、近江屋に裏から帰って、血のついた着物を洗っていると、女将さんが何も聞かずに、それを奪い取り、黙って洗ってくれた。

翌日、若い男が百両を届けてきた。

3

それから更に五日して、二通目の封書を受け取った。

今回は、名前だけが書かれていて、理由の説明はなかった。

「公卿　水城由実　百五十両」

それだけだった。

庄五郎は、上平主税に率いられて、御所の警固に当たったことがあるので、公卿を目撃している。

この時、御所には、孝明天皇がおられた。

御所の警固に当たっていたのは、会津、長州、薩摩の大藩と、十津川郷士たち。

孝明天皇は、純朴な十津川郷士の当直の夜だけ、

「安心して眠れる」

と、いわれたが、それは、大藩が御所の中でも勢力争いをしていたからだった。

勤皇と佐幕とに分かれても、薩摩と長州が勤皇

で、会津が佐幕と、そう簡単には決められなかった。薩摩と会津が手を組み、長州を御所から追放したことがあったからである。

この時、長州は賊軍だった。

その上、孝明天皇は、薩長よりも会津を信用していたから更に複雑である。

討幕を実行しようとする薩長にとって、孝明天皇は邪魔な存在だった。勤皇討幕を叫ぶ志士の中には、あからさまに孝明天皇を廃して、十五歳の明治天皇を担ごうという者もいた。十五歳の若い天皇なら、自分たちの意のままになると計算してである。

公卿たちも、勤皇、佐幕に分かれていた。というより、会津藩に通じているか、薩長に通じているかである。

孝明天皇にしてみれば、公卿たちも信用できなかったのだ。

（この公卿は、果たして、どちらの味方なのだろうか？）

と、一瞬考えたが、庄五郎は、すぐ止めてしまった。

庄五郎にとって、あまり関心のない世界だった。十津川郷士たちは、勤皇討幕の波に乗ろうと必死だが、庄五郎は、どちらでも良かった。剣で戦える世界が、彼の望む世界なのである。

庄五郎は、今も御所の警固に当たっている十津川郷の友人に、水城由実という公卿のことを聞いてみた。

「小柄で、女のような感じだが、よく外出するので、誰と会っているのか、怪しむ人もいる」

と、いう。

夜になると御所を出て行き、朝になると戻ってくるというので、庄五郎は早朝、御所の塀の外で待つことにした。

一日目は会えず、二日目の朝、朝もやにかすむ通用門の近くで、出会った。

なるほど小柄で、女のように見える。

大きめの笠をかぶり、顔を隠しているので、一層、女のように見えたのかもしれない。

(面白くない)

と、思った。

可哀そうではなく、面白くないのだ。剣を遣わない者と戦うのは、どうにもつまらない。

それでも、相手の前に立ちふさがって、

「公卿の水城由実か?」

と、きく。

相手は、黙って首を横に振る。

「笠を取れ」

と、手を伸ばした瞬間だった。

眼の前が、ぴかりと光った。庄五郎は、反射的に飛び退がった。が、光は、執拗に追いかけてくる。

庄五郎は、更に大きく跳んだ。相手との間に、すき間が出来た時、思わずホッとした。

「小太刀を遣うのか」

返事はない。

が、庄五郎は、無性に嬉しくなった。

「いいぞ」

と、叫ぶ。

「小太刀は初めてだ。いいぞ、いいぞ」

まるで子供のように、はしゃいでいた。初めて小太刀の遣い手に会ったのだ。しかも、かなりの遣い手だ。

「私を殺すのか」

水城由実は、声をとがらせ、斬りかかってくる。

「惜しいぞ」

と、叫びながら、庄五郎は、一刀のもとに斬り伏せた。

倒れて動かぬ相手に近づいた時、袂から白い封書がのぞいているのに気がつき、手に取った。

「岩倉具視様」

とあり、裏には、

「一」

とだけ書いてあった。

岩倉具視は、公卿の筆頭である。

庄五郎は、中身には興味がなかったので、そのまま龍馬に渡した。

「報酬は、すでに貰っています」

と、いうと、龍馬は、黙って書状を読んでいたが、

「君は、この中身に目を通したのか？」

「興味がないので、読んでいません」

「そうか」

「ただ、一というのが誰かは、知りたいと思います」

「本当に知らないのか？」

「知りません」

「大久保一蔵の一だよ」

「薩摩藩のですか？」

「そうだ」

「すると、私が斬り捨てた公卿は、勤皇方の公卿ですか？」

「さあ、どうかな」

と、龍馬が、微笑した。あの微笑だった。

その後、急に、

「私は江戸に行くが、一緒に来たいか？」

と、誘った。

「江戸で、誰かを斬るんですか？」

「いや、私の護衛を頼みたい」

「拳銃では駄目ですか？」

「蠅（はえ）を追い払うにはいいが、身を守るには、役に立ちそうもない。だから、君を連れて行きたいのだ」

と、龍馬が、いった。

「江戸には、一流の剣士がいますか？」

「ああ、たくさんいるよ。さまざまな流派の達人がいる」

「それなら、お供します」

庄五郎は、笑顔だった。

江戸は――

4

そこまで読んだ時、携帯が鳴った。傍らにいた亀井が、手を伸ばして携帯を取る。

「十津川村の村長からです。資料館から中井庄五郎の刀を盗んだ犯人が、自首してきたそうです」

と、亀井が、いった。

「それじゃあ、みんなホッとしているね」

「犯人は二十一歳の若者で、警部に会いたいといっているそうです」

「私に？　何故？」

「警部に会ったら話すそうです」

「それなら、その若者に会いに行こう。私も会いたくなった」

と、十津川は、立ち上がった。

翌日、二人は、京都を発ち、新宮行きのバスで十津川村に向かった。ポケットには「奇は貴なり」の原稿のコピーが入っている。

連休は終わったが、初夏を迎えて、新宮行きの長距離バスは、満員に近かった。

十津川村の村役場の前で、二人は、バスを降りた。

まず村長に会って、知らせてくれたお礼をいった。

「犯人が、自首してきたそうですね？」

「そうなんです。意外でした。それも、二十一歳ですから、そのことにもびっくりしました」

「中井庄五郎が死んだのが、確か二十一歳でしたね」

「どうやら犯人も、それは意識しているみたいです」

と、村長が、いう。

「今、十津川の警察署ですか？」

「そうです。これから一緒に行きましょう。私も、犯人が何を話すのか興味がありますから」

と、村長が、いう。

村長の車で、十津川と亀井は、十津川の警察署に向かった。

犯人に会った。

名前は青山京次（あおやまきょうじ）。二十一歳。

持っていた運転免許証には、そうあった。

長身の若者である。

署長は、十津川に向かって、

「あなた以外の人間には、何も話す気は無いと頑固なので……わざわざ来て頂いて、恐縮です」

その犯人は、絶対に十津川にしか話したくないと主張するので、取調室で二人だけになった。

「調べたが、君には前科は無かった。そんな若者が、何故、中井庄五郎の刀を盗むようなことをしたんだ？」

十津川が、まずきいたのは、そのことだった。

「刀は、返しましたよ」

「それは知っているが、返したからいいというもんじゃないだろう」

「私は、中井庄五郎のファンです。彼のように生きたいと思っています」

「ファンなら、彼の刀を盗むなんてことはしない筈だろう？」

「ファンだから盗んだのです」

「よく分からないが」

「中井庄五郎は、暗殺された坂本龍馬の仇を討とうとして、新撰組の集まっていた天満屋に斬り込んでいき、二十一歳で亡くなっています。その時に、庄五郎が使った刀は、坂本龍馬に貰ったものでなくてはおかしいと、私は思ったんです。龍馬の仇を討つんなら、誰が考えたって、龍馬に貰った刀を使うでしょう。それなのに、その刀は使われずに飾られています。おかしいと思うのが当然でしょう。だから、ニセモノじゃないかと。それで、調べてみようと思って盗んだのです」

「何か分かったのか？」

「調べて貰ったら、坂本龍馬の手紙にあった、名刀工の青江吉次作だと分かった。だから、返却したんです。それだけのことです」

青山は、呑気(のんき)に、いった。

十津川は、その呑気さに苦笑しながら、

「それで、君の結論は、どうなったんだ？」

と、きいてみた。

「中井庄五郎が、坂本龍馬の仇を討とうとした時、龍馬に貰った刀を使ったことは、間違いないと思っています。したがって結論は、龍馬から何本も刀を貰っていたということです」

「どうして、中井庄五郎は、坂本龍馬から何本も刀を貰っていたと、君は思うんだ？」

「時代ですよ。現代の私たちは、当時の英雄たちが、一本の名刀を大事に持っていたと考えますが、それは間違いです。幕末には、一日に何人もの人間が斬られています。斬られなくても、刀同士がぶつかれば当然刃こぼれする。そんな世情でも、中井庄五郎は、たくさんの刀を持っていた。坂本龍馬からも、少なくとも三本以上の刀を貰っていたと考えられます。とすれば、二人は、ただの関係じゃない筈です。私が考えたのは、中井庄五郎が、龍馬の護衛をやっていたんじゃないかということです。龍馬には敵が多かった。薩長同盟の根廻しに成功して、明治維新の推進者と呼ばれていますが、その薩摩や長州からさえも、命を狙われていたと思うのです。だから、護衛役は大変だったでしょうね。居合の達人ですが、龍馬の身辺警護となれば、刀を抜かずに、相手を威圧するわけにもいかないと思うのです。だから、斬り合いも日常茶飯事だったでしょう。そんな凄まじい仕事に対する礼として、龍馬は、何本もの刀を贈ったのではないかと思いますね」

「君と同じように考えた人がいるんだよ」

と、十津川が、いった。

「そうですか」

「ところで、君の所持品を調べていたら、その中に、これがあった」

十津川は、一枚の会員証を相手に見せながら、

「これには「アマチュア歴史研究会」とあるね。

君は、そこの会員なんだ？」

「歴史好きの集まりです」

「全部で、何人くらいの会員がいるの？」

「東京中心で、意外と少ないのです。全部で二十六人かな」

「四月二十七日に、会員の一人が、東京・三鷹の自宅マンションで殺された。名前は、梶本文也、三十五歳。サラリーマン。彼と親しかったのかね？」

十津川の言葉で、青山が、少し顔色を変えた。

「警部さんは、あの事件の捜査に、わざわざ十津川村まで来られたのですか？」

と、警戒するように、十津川の顔を見た。

「殺された梶本文也さんが、十津川郷士の中井庄五郎に関心を持っていたことが分かったんでね。私自身は、恥ずかしいが、中井庄五郎のことを知らなかったので、今、勉強中だよ」

「つまり、私も容疑者の一人だということですか？」

青山は、ちょっと笑った。

「中井庄五郎に関心を持ったアマチュアの歴史研究家が、何人かいた。だが、中井庄五郎に対するアプローチは、少しずつ違っていた。それが次第に大きくなって、遂には殺し合いになった。そんなところかね？」

「中井庄五郎のことを書いた本が出るというのは、本当ですか？」

間を置いて、青山が、きいた。

「まもなく出版される。塚本文也と木下恵の共著になっている。塚本文也というのは、梶本文也さんのペンネームだ。君は、梶本文也さんのことを知っているのかい。木下恵さんのことは、どうだ？　知っているんだろう？」

「どうですかね」

青山は、あいまいな返事をした。

(どうやら、中井庄五郎のことを書いた本が出るのが、ショックだったらしい)

と、十津川は、感じた。

青山京次の訊問(じんもん)が終わると、十津川は、東京の青山にあるアマチュアの歴史研究会に電話をして、梶本文也と木下恵、そして、青山京次について聞いてみた。

研究会の事務局の答えは、こうだった。

「梶本文也は、今も会員名簿に名前がある。研究会では、塚本文也のペンネームを使っていることが多かった。

研究会の中で、最近、数人が中井庄五郎の研究をしていることは、よく知っている。二十一歳の青山京次も、その一人だが、全員が仲良く中井庄五郎について研究しあっていたかどうかは分からない。

研究会の人間は、おれが、おれがという、自分中心の性格の若者が多いので、合同研究は難しい感じだった。その中で、今回、塚本文也と木下恵の共著で、中井庄五郎を主人公にした本が出ることには、非常に驚いている。

木下恵という名前は、歴史研究会の会員名簿の中には見つからない。

ただ、一年前まで、会員の中に平松愛(ひらまつあい)という女性の会員がいたが、突然、消息不明になり、会合に来なくなった。当時二十九歳。独創的な歴史観を持っていた。一応、彼女の写真を送る」

第六章　「奇は貴なり」の終章

1

時代は、容赦なく動いていく。

龍馬は、その動きにおくれてはならず、と、忙しく動きまわっていた。長崎へ行き、海援隊の今後を、陸奥宗光たちに頼んだ後、龍馬は、大坂へ戻る船の中で後藤象二郎と日本の将来について話し合い、「船中八策」を考え、それを書記役の長岡謙吉に書き取らせた。

この「船中八策」で、坂本龍馬が考えたことは八項目にわたっていた。

一、幕政返上
二、議会の開設
三、人材の登用
四、公儀刷新
五、法典整備
六、海軍拡張
七、新兵設置
八、幣制改革

大坂に船が着くと、長岡謙吉に書き取らせたこの八項目を、後藤象二郎に土佐まで持ち帰って貰い、それを藩主の山内容堂から第十五代将軍の徳川慶喜に渡して貰うように頼んだ。

今のわが国は、アメリカ、イギリス、フランス、ロシアといった大国から開港と貿易を迫られている。すでに江戸幕府はアメリカの総領事ハリスに、外交官の江戸駐在と自由貿易を要求されて、横浜、長崎、箱館におけるアメリカの貿易を許可した、いわゆる日米修好通商条約を結んでいる。このアメリカに続いて、イギリス、フランス、ロシアが同じ様に開港を迫って来ることは間違いなかった。

それにどう対処するのか、その対応を迫られているのに、幕府は第二次長州征伐の軍を興そうとしているし、逆に長州は倒幕を考えている。今のままでいけば長州は、間違いなく幕府にやられてしまうだろう。

そうなれば、今まで通りの日本になってしまう。幕府が日本全体を支配し、他の大名たちはその命令に従う。それではこれからの国際情勢に対処していけない、と龍馬は思っていた。

だからこそ、仲が悪かった長州と薩摩を和解させ、薩長同盟を結成させた。これならば、幕府が第二次長州征伐の軍を興しても、長州が負けることはない。

だからといって、戦争をするために、龍馬は、薩長に手を結ばせたわけではなかった。

両者に手を組ませたのは、逆に、戦争をさせないためだった。幕府と薩長の勢力が均衡すれば、戦争にはならないだろう、と考えたのである。

両者が戦火を交え、国力が疲弊すれば、外国の侵略を受ける。龍馬は、そのことを怖れていた。

隣国の清は、アヘン戦争に敗れて、西欧の食い物にされている。日本が安泰なのは、日本は小国なため、ただ単に清国が獲物として大きく、今のところ西欧が食指を動かされていないだけだと、龍馬は、思っていた。

それなのに、幕府は、第二次征長の軍を興そうとしているし、同盟を結んだ薩長は、理由を作っては「倒幕」を口にしている。

その一例が、幕府がアメリカと結んだ日米修好通商条約である。幕府は、更に、他の国とも通商条約を結んでいく。

それが「勅令」に背くというのである。孝明天皇は、極端な攘夷主義者で、幕府に対して攘夷の実行を命じていたのに、幕府は、それに逆らって開港した。それを倒幕に利用しようというのである。

しかし、冷静に見ると、当時、外国との貿易で最も利益をあげていたのは、薩摩藩だった。

中国製品(中国唐物)の密輸入、松前の昆布など海産物の密輸出、琉球の砂糖の独占などで、藩財政の半ば以上の利益をあげていたし、横浜が開港されたあとは、横浜で生糸を密売買し、アメリカの南北戦争で綿花が高騰すると、大坂などで綿花を買い占めて、横浜と長崎で巨利をあげている。

長州も同じだった。倒幕の急先鋒の長州が、貿易面では幕府に接近し、鎖国の中で自藩だけの航海権を得ようとしていたのである。

また、長州は、幕府の開国策を非難し、攘夷を迫っていて、実際に下関でイギリスをはじめとする連合艦隊と交戦するのだが、これは、真の攘夷ではなかった。

この戦いを指揮したのは、周布政之助や、高杉晋作、木戸孝允たちだが、彼らのいう攘夷は、「攘夷の後の開国」だったし、当時、藩内の統一はとれていなかった。

長州というと、高杉晋作の奇兵隊が有名だが、藩内では少数派だったし、多くの藩士たちは、奇兵隊を烏合（うごう）の衆と馬鹿にしていた。

　そこで、周布政之助や、高杉晋作、木戸孝允たちは、意見を統一するために「対外戦争」を利用したのである。強大な外国と戦うために、上、下が一体となり、武士と庶民の混合部隊の奇兵隊が、長州藩の主力になったのである。もちろん、この戦いのあと、長州は見事に開国に転換した。

　日本全体を見ても、幕府が結んだ修好通商条約は成功だった。

　あとになって、不平等条約だと批判されるが、経済的には成功だった。

　安政六年（一八五九年）に始まった横浜、長崎、箱館の三港での自由貿易は、黒字で始まったからである。一年後に、輸出四七一万ドル、輸入一六六万ドル。七年後の輸出は、一八四九万ドル、輸入は一五一四万ドルである。

　これに伴って、国内の生産量も伸びていった。輸出の第一位は生糸で、商人たちは、横浜に集まった。国内市場を作り、出店を申請し、商機をつかもうとした。

　ある商人は、生糸の売り込みで財閥となり、その後、横浜の政界の大物になった。

　商人だけではなかった。一時、条約拒否だった川越（かわごえ）藩は、開港が決まると一転して地元の生糸を横浜商人を通じて輸出し、巨大な利益をあげる。この生糸は「前橋糸」と呼ばれた。

「攘夷」の声をよそに、自由貿易を歓迎する空気は広がっていった。

　まず、民衆の生活が豊かになった。

　東北の諸藩は貧しかったのだが、生糸の販売が増加して、一人当たりの収入が倍増し、誰も彼もが養蚕に励むようになった。外国には、莫大（ばくだい）な生糸の需要があったからである。

生糸の出来ないところでは、輸出用の綿花を作り、綿花が駄目なら輸出用の菜タネを作った。

つまり、突然、経済圏が広がり、今まで売れなかったものが売れるようになり、仕事の種類も多種多様になっていったのである。

民衆のほとんどが、この自由貿易を歓迎した。

鎖国時代は、国内で小さな売買をしていたのだが、外国貿易では、何千両、何万両という大きな利益が得られる可能性が出てきたのである。

薩長などが攘夷を叫ぶのを尻目に、民衆は、さまざまな商売を求めて、一斉に外国貿易に乗り出していったのだ。

成功譚(たん)が次々に生まれていった。

養蚕に励む者が多くなり、辛(つら)い奉公に出る者がいなくなった。

家の普請をしたり、着物を買う者が多くなった。

麦飯をやめて米飯を食べるようになった。

自由貿易で、日本側が儲(もう)かっただけではない。

アメリカ、イギリスなども当然、巨利を得た。例えばイギリスは、あっという間に、日本との貿易額が中国との貿易額の二倍になって、イギリス公使を驚かせた。

こうなると、イギリスだけではなく、アメリカ、フランス、ロシアなども、日本を侵略するよりも貿易の相手とするほうが得策と、考えるようになった。

当時の最強国イギリスがいい例だった。文久二年（一八六二年）に、薩摩藩士にイギリス商人が殺害される「生麦事件」が発生した。イギリスでは、即報復の声があがったが、イギリス公使は、日本と戦うことを避けた。当時、三隻のイギリス軍艦が横浜に入港していたのだが、海軍は戦うどころか、この事件を黙殺したのである。すなわち、日本との貿易を優先させたのだ。

では、自由貿易を、一般の日本人は、どう見ていたのか。

当然のことながら、日本人はアメリカ人、イギリス人、フランス人、ロシア人と、接触することになる。黒人を見て逃げ出したという話もある。あわてて、娘を隠したという話もある。

しかし、当時、来日したアメリカ人の画家は、全く違った日本人の姿を描いている。

子供たち、若い娘、子供を背負った母親、商人……。

その人々への感想も書かれているのだが、それらに共通しているのは、

「くったくのなさ」

「自由さ」

「陽気さ」

「物怖じしない」

といった類である。

不思議である。

文明開化した明治時代、夏目漱石はイギリスに留学中、劣等感に苛まれたという。漱石だけではなく、多くの明治人が劣等感を抱いたというのに、幕末の日本人には、それが全くなかったのだ。

そうした民衆の大らかさ、自由さに比べて、武士たち、特に薩長の幹部たちは、何かというと政争に明けくれている。

それが龍馬には心配だった。

龍馬の考えた薩長同盟は、戦争のためではなく、戦争を止めさせるため、新しい政府を作るためのものだった。

現在の龍馬の心配は、二つあった。

一つめは、薩長にしてみれば、徳川幕府、徳川慶喜が何を考えているのか分からない、ということだ。

一方、慶喜のほうも、薩長の動きに疑心暗鬼である。攘夷を唱えていた薩長は、薩摩の薩英戦争、長州の下関戦争のあと、開港に反対しなくなった。

それにも拘わらず、幕府の開港を勅令に逆らうとして、倒幕の理由にしようとしたのである。それに対して、幕府も第二次征長を計画している。

第二の心配は、京都の孝明天皇が亡くなったことだ。

孝明天皇が、薩長より幕府を信用していることは、よく知られていた。したがって、天皇の意思は、薩長の考えている倒幕ではなく、幕府を中心とした公武合体である。龍馬の考えに近い。

その孝明天皇が突然、三十代の若さで亡くなってしまったのである。

この時、多くの人が「孝明天皇は毒殺された」と考えた。

犯人は、倒幕派と通じている公卿の岩倉具視と、薩摩の大久保利通。この二人が邪魔な孝明天皇を、女官を使って毒殺したに違いないという噂は、たちまちのうちに京都中に広まった。

大久保が犯人と思われたのは、第一次長州征伐の勅命が下りた時、「不義の勅命は勅命にあらず」といい放ったからである。

孝明天皇の勅命に抗ったのだ。

岩倉具視は策謀家で、大久保と親しいことは誰もが知っていた。

そして、まだ十五歳の若い天皇が即位した。

明治天皇である。

誰もが、若く新しい天皇を、自分たちに都合のいいように動かそうと考える。

特に、今まで孝明天皇を邪魔だと考えていた薩長は、若い天皇を利用して、倒幕の号令を出す恐れがあった。

そうなれば、日本を二分する大戦争になる。

何としてでも、それは防がなければならないと、龍馬は考えていた。

幸い、今は倒幕勢力よりも公武合体勢力のほうが強い。

もう一つ、慶喜は大坂に来ていて、第二次長征の軍を興そうとしているが、幸い、参加を呼びかけられている諸藩の中には、乗り気ではない藩も多い。

今が船中八策を実現するにはチャンスであり、最後の機会と、龍馬は思っていたのだ。

それを、藩主の山内容堂と後藤象二郎に委ねた。脱藩浪士の自分が出ていくよりも、二人に委ねたほうがいいだろう。

だから、ひとり、京都に戻ることにした。

2

大坂まで迎えに来ていた庄五郎に会うと、やはりホッとした顔になり、

「ご苦労」

と、声をかけた。

「久しぶりに君の顔を見て、気が晴れたよ。相変わらず京の町を闊歩しているのか?」

「坂本さんがいないと、酒がまずくて困ります」

いつものように、何を考えているのか分からない表情で、庄五郎が、いった。

二人は、ゆっくりと歩き出した。

自然に、庄五郎は龍馬の外側を歩く。

「海の匂いがしますね」

と、庄五郎が、いう。

龍馬は、着物の袖を鼻に当てて、

「長崎から大坂まで、船に乗ってきたからな」

「海はいいですか？」

「君は、船に乗ったことはないのか？」

「十津川の山の中で育ちましたから」

と、いってから、

「仕事は、うまくいったんですか？」

「そうだな。半分までいった。が、あとの半分がうまくいくかどうか分からん」

と、答えてから、龍馬は、ふと、庄五郎の反応を見たくなった。

「どんな仕事か、聞きたいか？」

と、きくと、庄五郎は、笑って、

「別に知りたくはありませんが、今まで以上に坂本さんは、敵を作ることになったんじゃありませんか？」

「分かるか？」

「分かりますよ。坂本さんは味方も作るけれど、敵も作る人だ。でも、それが楽しいみたいですね」

「別に楽しくもないが、それも私に与えられた職務だと思っている」

「三日前に、一人斬りました」

突然、庄五郎が、いった。

「どんな相手だ。新撰組か？」

「分かりませんが、どこかの藩の脱藩浪士だと思います。いきなり、龍馬がどこに行ったか教えろと、そういわれました。知らないといったところ、そのあと、しつこく尾行されました。私の後を追っていれば、坂本さんの居所が分かると思ったのかもしれません。面倒なので、坂本さんの居所を教えてやるといって、三条河原まで連れて行き、そこで斬りました。用心したほうがいいですよ」

「用心なら、前からしている」

「今まで以上にです」

「心配してくれるのか？」

「三日前に私が斬った男は、どう考えても勤皇派の脱藩浪士です。それなのに、坂本さんの居所を知ろうとして、しつこく私を尾行していたんです。理由は分かりませんが、坂本さんは、これから先は自分の味方だと思っていた勤皇の浪士にも命を狙われるかもしれませんよ」

庄五郎が、いう。

龍馬は黙って、その言葉を聞いた。庄五郎が、どう考えていったのかは分からない。が、龍馬自身も、これから誰に狙われるかは分からないと、思っていた。

龍馬は、薩長藩士を五カ月間にわたって口説いて、同盟を結ばせた。それなのに、今は、その結果に危惧を抱く。その気持ちを察したのか。さすがに勘の鋭い男だ、と感心しながらも、龍馬は、関係のないことを口にした。

「好きな女が出来たそうじゃないか」

「誰が、そんなことをいったんですか？　ああ、お龍さんですね。お龍さんが、手紙で知らせたんでしょう？」

「可愛い娘さんだそうじゃないか。これからどうするんだ？」

「私にも分かりません。この日本がどうなるかも分かりませんから」

「私の希望通りになれば、まもなく争いは終わる。

殺し合いも終わる。そうしたら、彼女を連れて旅に出たらいい。京都や十津川だけにいると、大事なものが見えなくなってしまうぞ」

と、龍馬が、いった。

周囲が暗くなってきた。

龍馬は、このまま移動し、馬に揺られて京都まで行こうと思っていたが、庄五郎は、この辺で泊まりましょうと、いった。

「疲れたのか」

「いえ、そうではありません。尾けられています。このまま夜に入れば、必ず斬りかかってくると思います」

と、庄五郎が、いった。

徳川慶喜がいる大坂の動きが心配な龍馬は、刺客の存在に、全く気づいていなかった。

「一人か？」

「いえ、間違いなく二人です」

と、庄五郎が、いう。

龍馬は、その言葉に頷(うなず)いて、この宿場に泊まることにした。

その夜、龍馬はなかなか寝つけなかった。

後藤象二郎は、龍馬が考えた船中八策、あの手紙を、必ず土佐藩主の山内容堂に渡してくれるはずだ。

山内容堂は、何を考えているのか分からない人物といわれている。それでも、間違いなく船中八策を、徳川慶喜に渡してくれるだろう。

別に藩主だからといって、善意に解釈しているわけではない。要するに、土佐藩主の容堂は、自我が強くて、長州や薩摩と同じことを考えたり、行動したりしたくないのだ。

薩長が倒幕を考えれば、容堂は公武合体を考える。だから、間違いなく、船中八策は徳川慶喜に届くだろう。問題は、その先である。

今、なぜ、徳川慶喜が大坂にいるのか。それは、第二次長州征伐の軍を集結させようとしているからなのだ。そうなったら、間違いなく日本全体が戦場になってしまう。

徳川慶喜が、こちらの意をくんで第二次長州征伐を諦め、朝廷に対して大政奉還するほうへ動いてくれるかどうか。

そこが、龍馬には判断がつかないのである。

土佐から脱藩してきたばかりの龍馬ならば、薩長が連合して倒幕に動いてもいいと、考えただろう。

しかし、今は違う。

龍馬は勝海舟と親しくなり、そのお陰で土佐の脱藩浪士でありながら、幕府の要人の何人かに接触して話を聞くことが出来た。

その時、龍馬が痛切に感じたのは、二百六十年の幕藩体制の中で多くの秀れた人材が育ち、彼らは世界の情勢についても広く勉強しているということだった。蘭学に精通していることから「蘭癖」とあだ名されている、老中の堀田正睦、勘定奉行として優秀な川路聖謨、その下で実務に当たる目付の岩瀬忠震。みな優秀である。

安政三年（一八五六年）の夏、アメリカの総領事ハリスが、七隻の艦隊を率いて下田にやって来て、幕府に、外交官の江戸駐在と自由貿易を要求した。その結果、二年後に日米修好通商条約が結ばれ、横浜と箱館で、アメリカは、貿易を自由にやることが出来るようになった。

それに対して倒幕派は、幕府の弱腰を批判したが、龍馬は勝海舟に紹介してもらって、勘定奉行の川路聖謨、目付の岩瀬忠震に会って、その時の外交交渉について実際に話を聞いた。龍馬は、彼らの対応の立派さに感服したのである。

この時、ハリスは、わざと世界で最も大きな蒸気船を三隻も引き連れて、浦賀にやって来た。サスケハナ号二四五〇トン。ミシシッピ号一六九二トン。ポーハタン号二四一五トン。

この頃、日本にやって来ていたフランスやイギリスの軍艦は、いずれもこの三隻よりも小さかったし、日本で一番大きな千石船は、たった一〇〇トンである。ハリスが、わざわざ世界で最も大きな三隻の蒸気船を引き連れて日本にやって来たのは、その船の大きさで幕府を脅かし、有利な条約を結ぶためだった。

そして、ハリスは日本側に対して、二時間にわたって、こんな演説をしたといわれている。

「アメリカは、日本を親友だと思っており、戦争によって領土を獲得しようとしたことはない。アメリカの希望は、外交官の首府江戸への駐在と自由貿易だけである。

それに比べて、イギリスは、スターリングが結んだ日英協約に不満を持っていて、イギリスの脅威が日本に近づいている。ロシアには、サハリンと蝦夷地（えぞち）への領土的野心がある。今、清国と戦っているイギリス、フランスの脅威が日本に迫っており、イギリスのアヘン貿易は害悪である。いずれの戦争にも加担しないアメリカ大統領は、日本にアヘン戦争が及ぶことを危ぶんでいる」

といって、イギリスの脅威とアメリカの友好、平和を強調した。

ハリスは、更に続けて、

「したがって、アメリカと条約を結べば、その心配はなくなる。欧州の列強と確執が生じた時には、アメリカ大統領が間に立つ上、軍船、その他いかなる軍器でも、また、陸海軍の士官・歩兵を何百人でも差し出す」

と、アメリカの方針を強調した。

このハリスの演説に対して、幕府の老中、勘定奉行、目付たちは、いかに反論したのか。

まず、オランダで出された当時の海外事情書から引用して、メキシコ戦争でアメリカがカリフォルニアを掠奪したこと、その後、賠償金の代わりにメシラルタル（ニューメキシコ）を奪ったことを指摘し、領土的野心を持たないというアメリカの主張に反論した。

ハリスが、イギリスの中国へのアヘンの売り込みを批判し、アメリカは、アヘンの売り込みはしないと主張したことに対して、勘定奉行は、当時、中国の北京で漢訳されていた『海国図志』から、

「アメリカは、トルコのアヘン、十余箱を毎年、中国に運んでいる」

という文章を示し、

「アメリカの商人が、広東の下流、伶汀島付近の武装船にトルコアヘンを貯蔵し、大規模に密売している」

という文章も示した。

『海国図志』というのは、当時の世界情勢について書かれた厖大な地理書で、当時、江戸町奉行所には、すでに十二部が備えられていたのである。

最後に、西欧各国の日本侵略に対して、アメリカ領事が駐在すれば安心だというハリスの主張には、

「ここ七、八十年の間、戦乱を繰り返す西欧諸国に、安き日はない。その延長を考えた時、日本に

アメリカ領事がいたからといって、役に立ちそうもない」

と反論したのだ。

こうした老中堀田、勘定奉行川路、目付岩瀬の指摘を、ハリスは黙って聞いていたといわれる。

こうした話を聞き、資料を調べてみて、龍馬は、幕府の役人の優秀さに感服したのである。

その点、薩長、土佐はどうだろうか？

例えば、長州には周布政之助、木戸孝允、高杉晋作と優れた藩士がいる。

しかし、戦いについては優れているかもしれないが、能吏とはいえない。その証拠に、三人はまず攘夷、その後、開港という考えで、それを実行して、ものの見事に連合艦隊にやられてしまった。事態の正確な把握が出来ていないのだ。

西郷隆盛や大久保利通がいる、薩摩も似たようなものである。幕府との決定的な違いは、幕府には優秀な官僚組織があるが、長州や薩摩には、それがないということである。新しい日本の政府としては、やはり幕府に、それも徳川慶喜にやって貰わなければならないと、龍馬は考えていた。

龍馬は、後藤象二郎と船中八策を考えた時には、新しい日本の盟主は空白にして名前を入れなかったが、大坂で後藤象二郎に預ける時には、そこに徳川慶喜と、書いておいた。

龍馬は、中岡慎太郎と二人で京都の旅館近江屋に泊まり込み、大坂からの知らせを待つことにした。

庄五郎のほうは、龍馬が中岡慎太郎と二人で近江屋に泊まっていることに、ひとまず安心した。

龍馬も中岡も、一応、免許皆伝の腕前である。

それでも庄五郎は、同じ近江屋の小部屋に泊まり込んだ。ここに来て、どうも龍馬を狙う相手が佐幕派ばかりではなく、勤皇派の中にもいることに気づいたからである。

なぜそうなったかを、庄五郎は考えようとはしない。とにかく、龍馬を殺そうとする者から守ればいいのである。

慶応三年（一八六七年）の十月十四日。

土佐藩主、山内容堂が徳川慶喜に大政奉還を建白し、この日、慶喜が大政奉還を申し出た。その場で薩摩藩士の小松帯刀と土佐藩士の後藤象二郎が、その英断に賛同した。薩摩藩は倒幕を考えていたが、この場では反対せず、徳川慶喜の大政奉還を受け入れたことになる。

徳川慶喜の主導で大名連合が、政府を作り、新政府が動き出すことになった。

一方、その日のうちに後藤象二郎の使いが、近江屋にいた坂本龍馬と中岡慎太郎に知らせてきた。深夜だった。

走り書きである。その筆が、嬉しそうに躍っている。

藩主山内公、徳川慶喜公に大政奉還を建白され、慶喜公は、その場で大政奉還に賛同され、ここに無事、大政奉還は成立した。

直ちに薩摩藩と土佐藩が賛同して、儀式は無事終了した。

倒幕を口にしていた薩摩が、慶喜公に賛同したのだ。万歳。

この後、船中八策の通り、大名連合が作られ、徳川宗家が筆頭となって、新しい国政が船出するのだ。

外国の評判も、この際、書き加えておこう。

イギリス公使パークスは、

「大政奉還はリベラルな行動であり、徳川慶喜は時代に要請された人物」

と、高く評価している。

後藤象二郎は、最後に、こう書いている。

「これにて、日本国内の戦争への憂いは消え、慶賀の至り。めでたし、めでたし」

中岡慎太郎は、ホッとした顔で、

「長州が賛同したとは書いてないが、薩摩が賛同したことで、長州一国では動けまい」

と、いった。

「これ全て、西郷さんのお陰だよ」

と、龍馬は、いった。

中岡慎太郎のいう通り、龍馬も薩摩が動かなければ、長州一国では倒幕に動かないと見ていた。

その薩摩を、現在、仕切っているのは西郷隆盛、大久保利通、小松帯刀の三人である。

龍馬の見たところ、大久保は策士で油断が出来ないし、小松は読めない。その中で、西郷だけは、こちらを裏切らないと、龍馬は見ていた。

今回、薩摩を抑えてくれたのは、西郷だろうと、龍馬は思った。

(西郷を信用していて、良かった)

と、思った時、急に、龍馬の緊張がほぐれた。

「酒が飲みたくなった」

と、龍馬が、いった。中岡も、

「夜を徹して飲もうじゃないか。これで、われわれも死ぬ必要がなくなったよ」

と、いった。

宿の番頭を呼んで、酒宴を開いた。

その賑やかさに釣られたのか、庄五郎が二階に上がってきた。

「君も飲みたまえ」

と、龍馬が、誘った。

「何のお祝いですか？」

庄五郎が、きくと、中岡が、楽しそうに笑った。

「この大慶事を知らない人もいるんだ」

庄五郎も、わけが分からずに笑い、二人を手伝って、酒と肴を部屋に運んだ。

その席に、庄五郎が好きになった芸妓（げいぎ）の豆助がいつの間にか加わって、座は更に賑やかさを増した。

龍馬の誘いで、豆助は、二人が知り合ったいきさつをのろけた。

豆助は時々、近江屋のお座敷に呼ばれていた。ある日の夜、二人の勤皇の志士に呼ばれた。最初は気持ちよく飲んでいたのだが、何かの話のやり取りの途中に、豆助が、

「私は、将軍さまが大好き」

と、いった。

それが癇（かん）に障ったのか、二人の若い志士が、いきなり豆助に殴りかかったのだという。

その悲鳴を聞きつけて、庄五郎が部屋に飛び込んで、豆助を助けた。その時、二人と喧嘩になったが、庄五郎は、あっという間に相手を組み伏せ、部屋から叩き出したのだという。

「その鮮やかなお姿に惚れました」

と、豆助は、ニッコリしている。

龍馬は、それをからかったが、中岡慎太郎は、まじめに、

「これからは、京の町も穏やかになる。君たちも安心して商売が出来る。何の心配もなく働けるぞ」

と、いった。

「将軍さまは、どうなるんどすか？」

豆助が、きいた。

「そうか。君は徳川慶喜が好きなんだな。新しい政府が出来て、その代表になる」

と、中岡は、あくまでまじめだ。

「それなら、よろしおす」

豆助は、ニッコリした。

最初のうち、豆助は、お酌に徹していたが、そのうち龍馬たちにすすめられるままに、自分も飲んで、夜が明ける頃には、四人とも酔い潰れてしまった。

その時、突然、下の戸口が激しく叩かれた。

龍馬と慎太郎が、眼をむいて起き上がる。庄五郎は、それを手で制して、

「私が見てきます」

と、刀をつかんで、階段を下りて行った。

すぐに戻ってくると、

「大坂から早飛脚で、これが」

と、分厚い手紙を差し出した。

「早くも、新政府に進展があったか」

龍馬が、手紙の封を切った。

少し酔いの残った眼で手紙を読んでいたが、途中から、龍馬が、獣のような唸(うな)り声をあげた。

横からのぞき込んだ中岡慎太郎が、叫び声をあげた。

「馬鹿な！　何だこれは！」

と、叫ぶ。

二人が目を通している手紙には、後藤象二郎の大きな字があった。

「会議決裂。見事に裏切られて候」

龍馬は、すでに冷静な、というより冷徹な眼に

なって、先を読んだ。

（いったい、何があったのか？）

土佐藩主山内容堂が建白し、将軍徳川慶喜が大政奉還を申し出て、この儀式は無事に終了し、新しい政府が発足した。

長州藩は同席していなかったが、薩摩藩を代表して、小松帯刀が賛成の意を表したので、ホッとしていたのである。

「ところが、同日十四日、薩摩藩と長州藩に『倒幕』と『賊臣慶喜の殺戮（さつりく）』を命ずる密勅が出ていた」

というのである。

「これ、明らかに朝廷と両藩の策謀にして、特に薩摩には欺されたと思う口惜しさあり」

後藤象二郎の筆は乱れに乱れて、ところどころに、筆先を突き刺した穴があいている。

後藤は、更に筆を進めて、

「新帝は、いまだ元服前の十五歳。新帝がかかる勅命を出すはずもなく、勅命の書かれた詔書は、摂政の二条斉敬（にじようなりゆき）の名で出されているが、斉敬公は人も知る親幕の人で、倒幕の詔勅を出す筈はなく、更に詔書に眼を通せば、日付も、裁可の記入もないのだ。

これ即ち、偽の勅命の証拠なりと、藩主山内公もお怒りになり、直ちに岩倉公に面会を求められて、

『幼沖（幼い）の天皇を擁して、権力を盗もうとするものではないか』

と、難詰されたが、岩倉公は、青ざめた顔で、

ひたすら、

『天皇の御命令であるぞ』

と、繰り返すばかりだというのだ。

愚考するに、公卿の岩倉具視や、薩摩の大久保は策士ではあるが、偽の勅命『偽勅』を出すほどの度胸があるとは思えず、ただ一人の顔が浮かび上がってくる。それは、薩摩の西郷隆盛である。

噂によれば、西郷は、岩倉に向かって、

『短刀一本あれば片がつく』

と、励ましたといわれ、われらは、あの西郷に欺されたのである。

茫洋(ぼうよう)とした表情、もの静かな言動、一見優しそうな雰囲気など、私が薩摩の中で最も信頼していた人物である。

その西郷が、今回の裏切りの巨魁(きょかい)だったのだ。

無念である。

西郷と刺し違えようと思うが、現在、大坂に上ってきた薩摩軍に囲まれていて、近づくことも出来ぬ」

「これ即ち、討論を断ち切り、薩摩の武力を利用しての、西郷の恫喝以外の何物でもない」

と、後藤象二郎は、最後に記していた。

龍馬も、西郷という男を信頼していた。

最初に西郷を紹介してくれたのは、勝海舟だった。

「私が、薩摩で一番信用している男だよ」

と、その時いった勝の言葉を、龍馬は今も覚えている。

その後、龍馬は、薩摩屋敷に西郷を訪ねて行ったり、新撰組に追われた時には、匿って貰ったこともあった。

西郷は、いつも誠実だった。裏切られたという思いをしたことはない。

(その間も西郷は、倒幕の計画を持ち続けて、機会を狙っていたのだろうか?)

中岡慎太郎は、絶句していたが、

「薩摩の大久保や、長州の木戸、それに公卿の岩倉は、最初から信用していなかったが、西郷だけは信用できる男だと思っていた。その西郷に裏切られるとはなあ」

と、溜息をついている。

龍馬は黙って、宙を睨む。

「考えてみれば、あの西郷が一番の悪人だったんだ。巨悪の塊だ」

中岡慎太郎の嘆声は続く。

二人の様子を見て、庄五郎が、きいた。

「何が起きるんですか?」

「戦争だよ」

と、龍馬が、いった。

「誰と誰が戦争するんですか?」

「幕府軍と薩長の連合軍だ」

「それなら、勝負は最初からついているじゃありませんか。大幕府に薩長が敵うはずがありませんよ。まず、兵士の人数が違う。私が聞いたところでは、薩長連合でもせいぜい兵士の数は、五〇〇〇ぐらいのものですよ」

「正確にいえば、四五〇〇」

と、中岡慎太郎が、いった。

庄五郎が、笑って、

「それに対して、幕府軍は一万五〇〇〇はいるといわれていますから。その幕府軍に、薩長が敵うはずがありませんよ」

「違うんだよ」

　と、龍馬が、いった。

「どこが違うんですか？」

「武器だよ」

　と、いった。

「これからの戦で、勝敗を決めるのは兵士の数ではなくて、武器の性能とその数だ」

「どんなふうに違うんですか？」

　と、庄五郎が、眼を光らせた。

　薩長と幕府の戦争には、さして興味はないが、両者が使う武器となれば興味が湧いてくる。龍馬が説明した。

「幕府軍が現在使用している銃は、ゲベールという洋銃で、優秀な銃ではあるが、一昔前の性能しか有していない。それに対して長州と薩摩は、更に新しいスナイドル銃を七〇〇〇丁以上持っている。幕府軍のゲベール銃は、有効射程が五〇〜一〇〇メートル。それ以上飛んでも命中率が低くなってしまう。対して、薩長の持っているスナイドル銃は、有効射程が三〇〇〜五〇〇メートルもある。命中率もゲベール銃に比べて、五倍は高いといわれている」

「どうして、そんなに性能が違うんですか？」

「私も構造はよく知らないが、スナイドル銃の銃身には、内側に螺旋状の線条がつけられていて、そのために弾丸がまっすぐ飛ぶ。だから、命中率もよくなっているといわれている。例えば、君の右腕は、普通の人よりも二寸は長いといわれているだろう？　だから、同時に抜き合えば、相手の剣は君の体に届かないが、君の剣は、相手を斬っている」

「そうです。だから、私は気合負けしなければ、誰にも負けることはありません」

「ゲベール銃とスナイドル銃の違いは、そこなんだ。スナイドル銃を持った兵士は、敵の兵士の届かぬところから撃って、相手を倒すことが出来る。相手は、ただ殺されるだけだ。したがって、幕府軍と薩長軍との戦いは、薩長による、無慈悲な皆殺しになってしまうだろうと、私は思っているんだ」

と、龍馬は、いった。

考えてみれば、そのスナイドル銃を、薩摩の金を使って長州に売ったのは、龍馬なのである。それは、幕府軍と薩長との戦いを予想したものではなかった。両者の戦いを止めるためのスナイドル銃だったのだ。

しかし、それが今度の戦争の勝敗を決めようとしている。

「すぐに大坂に行き、西郷に会う。西郷を何とかして説得する」

龍馬が、叫んだ。

「私も行く」

と、中岡慎太郎も、いった。

「西郷が承知しなければ、斬るつもりだ」

と、龍馬が、いった。

「私も行きます」

と、庄五郎が、いった。

「いや、君は京都に残ってくれ」

「どうしてですか？　坂本さんは、これから危険な大坂に行くんでしょう？　護衛の私も行くべきでしょう」

「いや、君がついてきたら西郷が不安がって、私たちに会うのを、拒否するかもしれない。だから、君には、京都に残ってこの町に眼を光らせていて欲しいんだ」

「京都でも、戦争が始まるんですか？」

　と、庄五郎が、きいた。

「偽の詔勅だが、倒幕の詔勅が出たとなれば、勤皇の浪士たちは、また京都で幕府方の人間を、天誅と称して殺すだろう。当然、相手も刀を振るってくる。特に、新撰組が心配だ。そうした京都の空気を、君に何とか抑えて貰いたいんだよ。そうしないと、たちまち、大坂から京都に飛び火して、更に京都から江戸に飛び火することになる。君には、それを防いで欲しい」

　そういった後、龍馬は、風呂場で水を浴び、酔いを覚ましてから中岡慎太郎とともに、大坂に向かって出発していった。

3

　大坂の戦争は、まだ始まっていなかった。幕府軍の主力は、すでに大坂に集まっていたが、それに味方する小藩の兵士たちの集まりが悪かった。

　更にいえば、小藩の兵士たちを見て、龍馬は愕然とした。

　武器も旧式だし、何よりも洋式訓練を受けていないことが、すぐに分かった。だらだらとしていて戦意もなく、統制も取れていないのだ。

　最も戦意が高く、洋式訓練をしているのは、木戸孝允や高杉晋作が率いる長州勢だった。

　これから戦争が始まるというのに、兵士たちは鎧もつけず、兜も被っていない。

　しかし、これが現代戦に似合う兵士なのだ。よく見れば、長く激しい訓練をしてきたことが分かる統制の取れた軍隊で、しかも全員が、スナイドル銃を手にしていた。そして、その数七〇〇〇。

今なら、両者が衝突しても、長州勢の勝利は動かないだろうと、龍馬は、判断した。

それでも長州勢が動かないのは、薩摩軍の動きが遅れているからである。大坂には一〇〇〇人足らずの兵士しかいなかった。主力の一五〇〇人は、まだ到着していないのである。

龍馬としては、それを見て、まだ間に合うかもしれないと、思った。その間に西郷に会って説得できれば、この戦争は防ぐことが出来る。

龍馬は、中岡慎太郎と二人で必死になって、西郷の居所を捜した。

だが、西郷は見つからない。長州勢の集まっている場所にも行き、木戸に会って、

「西郷さんに会いたいのだが、居所を知りませんか？」

と、きいた。

木戸は、視線をそらして、

「西郷さんに会いたければ、薩摩にきいたらどうだ。こちらには西郷さんは来ていない」

と、いう。

その言葉で、龍馬が感じたのは、西郷が自分たちを避けている、ということだった。

すぐ薩摩屋敷に行って大久保に面会し、

「何としてでも西郷さんに会いたい。会わせてくれ」

と、頼んだ。

「西郷さんは、すでに大坂を発って京都に行っている」

と、大久保が、答える。

(この男は信用できない)

と、龍馬は思いながらも、他にきく相手も見つからないので、龍馬は、中岡慎太郎を大坂に残し

て、自分は、また京都に引き返した。

その足で、京都の薩摩屋敷を訪ねてみた。が、そこにも西郷の姿はなかった。

屋敷の留守番をしている藩士にきくと、

「軍勢の進行が遅いので、西郷さんは昨日、督促のために薩摩へ戻られました」

その言葉も、龍馬には信用できなかった。たぶん、薩摩に行っても西郷には会えないだろう。そう思って迷っているうちに、大坂から中岡慎太郎が、戻って来た。

「西郷は、われわれには会わないつもりだ。そうなれば捜し出すことは難しい」

と、中岡慎太郎は、強張（こわば）った表情で、いった。

倒幕と慶喜を殺せという詔勅の話は、すでに京都にも聞こえていて、龍馬が予想した通り、京都市中は騒然としていた。勢いを得た勤皇の浪士たちが天誅を叫んで、幕府方の人間、例えば、見廻組や、新撰組の隊士たちと斬り合っているのだ。龍馬や中岡慎太郎が西郷を捕まえて、倒幕を止めさせようとしている話も、すでに広まっている。

こうなると、勤皇の志士たちにとって、あるいは薩長にとって、坂本龍馬と中岡慎太郎は、倒幕派に邪魔な存在になってくる。

もはや、龍馬や中岡慎太郎の敵は幕府方だけではなくて、勤皇の志士たちにも狙われることを、覚悟しなければならなくなった。

その証拠に、二人は薩摩屋敷を訪ねた後に、いきなり天誅を叫ぶ勤皇の浪士二人に斬りつけられた。そこに庄五郎が駆けつけて、浪士一人を斬り捨て、一人を追い払った。

その後、近江屋に戻って落ち着いてから、庄五郎が笑って、いう。

「坂本さんも中岡さんも、これで天下の大悪人になりましたね。みんなが、お二人を天誅の相手に選びましたから」

その言葉に、龍馬は、ほとんど反応しなかった。

今、彼の頭にあるのは、危機感よりも西郷に会えない口惜しさだった。なぜ自分を避けているのか。ひょっとすると、西郷は最初から自分を騙すつもりで近づき、薩長同盟を成就させるために利用したのではないのか。

最初に大坂の薩摩屋敷を訪ねた時は、一〇〇人足らずだった兵士の数が、二度目に訪ねた時には五〇〇人になっていた。

龍馬が、しつこく西郷の行方をきいていると、隊長が突然、号令をかけて一二人による実射訓練が始まった。

一二人の兵士は、連日の訓練で着ているものは薄汚れている。まるで半裸に近い。そこに幕府軍のようなきらびやかさはない。鎧もなく、陣笠もない。西洋風の靴を履いている者もいるが、中には素足の者もいた。

一見すると、雑兵の集まりのようだ。が、持っているものは全て、最新式のスナイドル銃なのだ。

彼らは走り、立て膝になり、時には腹這いになって撃ち続ける。連発銃だから、絶え間ない銃声とともに、標的が次々に粉砕されていく。

見ているうちに、龍馬は気づいた。

この軽装、この雑兵集団こそ、スナイドル銃に似合う現代の兵士なのだ。

鎧に陣笠で飾り立てた幕府軍は、一昔前の軍隊なのだ。

「幕府は敗けるね」

と、中岡慎太郎が、呟いた。

「それでは、単なる権力の移動だ」

　と、龍馬は、いった。

「それも、悪い移動だ。教養があり世界情勢にも通じている権力から、凶暴なだけの権力への移動だからだ。それは、絶対に止めなければならない」

　突然、隊長が叫び、スナイドル銃を持った薩摩兵に、龍馬と中岡が囲まれた。

「よく聞け！」

　と、隊長が、大声で、叫んだ。

「西郷さんは、お前たちには会わん。これ以上、面会を強要すれば、命を落とすことになるぞ！」

　それから、一週間経った十一月十五日の京都。

二人を心配して、一刻もそばを離れない庄五郎に向かって、龍馬が、

「疲れただろう。今日は、われわれの警護は必要ない。だから、例の好きな女に会いに行って来い」

　と、いった。

「それは出来ません」

　それに対して、龍馬が、続けた。

「正直にいうが、君が、われわれに張りついていると、危険な人間は近寄って来ないが、同時に、私たちに必要な情報も入って来なくなるんだ。だから、今日一日、私たちから離れていてくれ。二人だけで、薩摩屋敷などに行って薩長の情報を仕入れてくるから」

「そういわれたら、仕方ありません。一日だけ休ませて貰います。くれぐれも気をつけてくださいよ」

　庄五郎は、いった。

　近江屋を出ると、庄五郎は、まっすぐ豆助のいる妓楼に向かった。豆助に会うなり、庄五郎は、

「すぐ酒にしてくれ」

と、頼んだ。

久しぶりに豆助に会ったのに、なぜか寂しい。酒が飲みたくなってくる。それは、龍馬の言葉のせいだった。

(初めて龍馬に邪魔にされた)

という気持ちが、彼を寂しくさせているのだ。

「うちも寂しいよって、一緒に飲みまひょ」

と、豆助が、いった。

豆助も酒が強い。二人で飲み比べをする。いつもなら庄五郎が勝つのだが、今日はなぜか、いや理由があって、庄五郎が先に酔い潰れてしまった。

翌朝遅く眼を覚まし、枕元の飲み残した酒を口に運んで、その後、また酔い潰れて寝てしまった。

豆助に体を揺すられて、庄五郎は眼を覚ました。

「坂本はんに会いに行かはらんでよろしいんどすか?」

と、眼の前の豆助が、きく。

「少し離れたほうがいいんだ。坂本さんに、そういわれた」

「でも、坂本はんは、大事な人と違うんどすか?」

「大事なのは、お前だ」

庄五郎の言葉に、豆助は、笑った。

「ほんまに、あなたが好きやのは、女の私やのうて、男の坂本はん。そやよって、拗(す)ねてないで、すぐ会いに行きはったらどうどす?」

「いや、意地でも今日は会いたくない」

「それやったら、私が坂本はんにお会いして、あなたがここにいてはることを知らせて来ます」

そういうと、庄五郎が止めるのを振り切って、店を出ていった。

それから一刻して、豆助が、駆け戻って来た。

ぜいぜいと息を吐き、泣いている。

「坂本はん、死にはりましたえ」

　庄五郎は訳が分からず、

「何だって？」

「坂本はん、死にはりましたえ」

　と、泣きながら、豆助が繰り返した。

「坂本さんが死んだのか？」

「死にはりました」

「馬鹿な！」

　と、叫びながら、庄五郎は刀を摑むと、浴衣姿で飛び出し、近江屋に向かって走った。走りながら、

「ちくしょう、畜生！」

　と、叫んでいた。

　近江屋の前は、人だかりがしていた。奉行所の役人が、門の前に立っている。入ろうとすると、止められた。中から検視を終えた与力が出て来る。

　続いて、薩摩藩士の西郷と若い侍が出て来た。その西郷に、庄五郎が飛びついた。

「坂本さんが死んだって、本当ですか！」

「残念ながら、本当ですよ。昨夜、中岡慎太郎さんと二人、殺されました。これから亡骸（なきがら）を薩摩屋敷に運びます」

「誰が殺したんですか？」

「新撰組だと、みなさんがいっています」

「間違いないんですか？」

「間違いありません」

「私が、絶対に仇を討ってやる」

　と、庄五郎がいうと、西郷は、大きな眼を向けて、

「ぜひ、坂本さんの仇を取ってください。私は、これから大坂へ戻らなければならないので、あなたに全て任せますよ」

　といって、ゆっくりと立ち去った。

「新撰組か……」

と、庄五郎は、呟いた。

(絶対に仇を討つ)

その時、こらえていた涙が、どっと流れた。

翌日から庄五郎は、狂人のように京都市内を走り廻った。それは、一匹の狂犬に似ていたし、猟犬にも似ていた。

誰もが彼を避けた。新撰組の誰が坂本龍馬を殺したのか。それを知りたくて、庄五郎は、新撰組の若い隊士を、一人二人と斬っていった。

だが、分からない。

下っ端の隊士が、龍馬と中岡慎太郎を殺したとは、庄五郎は思っていない。土方歳三や斎藤一、沖田総司、そうした腕の立つ連中が殺したのだ。

だが、そんな庄五郎を警戒し、新撰組のほうも、なりをひそめていた。

ある日、庄五郎に、若い侍が近づいてきた。庄五郎よりも二、三歳年上の浪士である。

「陸奥宗光です」

と、その侍が、名乗った。

「私は長崎で、坂本先生の指揮する海援隊に入っていました。その坂本先生が殺されたと聞いて、この京都に、やって来ました。あなたが坂本先生の仇を討とうとしているのを聞いたのですが、ぜひ仲間に入れてください」

海援隊の話は、龍馬から聞いていた。

陸奥宗光は、自分の他にも、若い海援隊の隊士が坂本先生の仇を討とうとして、京都に来ていますと、いった。

少しずつ、龍馬の仇を討とうとする若者たちが集まって来た。海援隊の隊士もいれば、龍馬と同じ脱藩の者もいた。その数が一五、一六人と増えていく。新撰組に対する情報も集まってくる。

　陸奥宗光が、いった。

「早く坂本先生の仇を討たないと、大坂で戦いが始まってしまいます。そうすると、新撰組は、幕府軍に加わるために京都を離れ、大坂へ行ってしまいます。そうなる前に坂本先生の仇を討ちたい」

　そして十二月七日。京都は寒く、吐く息も白くなった。

　陸奥宗光の仲間が、一つの情報を持って来た。京都市内の天満屋に、新撰組の隊士二〇人近くが泊まっているという情報だった。その中には土方歳三、沖田総司、斎藤一、永倉新八という、そうそうたる新撰組の幹部が集まっているらしい。

「そんな連中は、何ともない。皆殺しにして、私は、坂本さんの仇を討つ」

　庄五郎は、自分に、いい聞かせた。

　しかし、他の隊員たちは、黙っていた。

　その日。全員で一六人。天満屋に集まっている新撰組の隊士二〇人に向かって斬り込んだ。先頭はもちろん、中野庄五郎である。

　庄五郎の前に、大柄な影が立ち塞がった。土方歳三。

「狂人か。名を名乗れ」

「中野庄五郎！　坂本龍馬の仇を討つ！」

　土方歳三に向かって、いきなり刀を抜いて斬りかかった。そのとたん、何たることか、庄五郎の刀が鍔元（つばもと）から折れてしまったのだ。

　それを見て、横から新撰組の若い隊士が斬り込んでくる。その手を摑んで嚙（か）みつき、刀を奪って、再び土方歳三に斬りつけた。

　いつもの冷静な庄五郎ではなくなっていた。

坂本龍馬の仇を討つ。その一念だけで眼の前の敵と切り結んでいた。

なぜか少しずつ、周囲の音や声が消えていく。近くにいた陸奥宗光の姿が見えなくなった。他の仲間も消え、いつの間にか、庄五郎は床に倒れていた。

静かだった。

新撰組の姿も、庄五郎の仲間も消えていく。たった一人、天満屋の座敷の真ん中に、庄五郎の死体が横たわっている。傍らには鍔元で折れた刀が落ちていた。

享年二十一歳。日本で一番、坂本龍馬が好きだった若者が、慶応三年十二月七日、まもなく明治の世を迎えようとする時に死んでいったのである。

しかし、——

おわり

これで小説は終わっていた。

十津川は、本を置いた。

(妙な終わり方だな)

と、思った。

(この『しかし、——』というのは、何なのだろうか？　やはり、ひとりしか死ななかったということなのだろうか？)

それとも他に何かあるのだろうか？

十津川は、それを知りたくなった。

第七章　若き志士と現代の若者たち

1

十津川の携帯に、若い女の声で連絡が入った。

彼が待っていた木下恵からだった。今もっとも会いたかった相手である。

「とにかく、あなたに会って、ききたいことがあるんですよ」

と、十津川は、相手に向かって、いった。

「私も、警部さんに、聞いて頂きたいことがあってお電話したんです」

と、恵も、いった。

「それを聞いて、ほっとしました」

十津川は、正直にいい、会う場所と日時を決めた。

二人だけで会いたいというので、十津川は、京都に戻り、亀井とわかれて駅前のＮホテルのロビーで会った。

「塚本文也さんと一緒に書かれた作品を拝見しましたよ」

と、まず、十津川が、いった。

「なかなか面白かった。中井庄五郎について、お二人でよく調べられましたね」

「本当は、二人だけじゃないのです」

木下恵が、意外なことを口にした。

「それは、他に協力者が、何人かいたということですか？」

　と、十津川は、きいた。

　よく、本の末尾に知恵や資料を借りた人の名前を並べて、感謝の言葉が書かれていることがあるのだが、この作品には、それは無かった筈である。

「協力者かどうか分かりません。塚本さんを殺した犯人かもしれませんから」

　と、恵は、いう。

「もっと分かるように話してくれませんか」

「全部で五人いたんです。私は、高校時代から歴史、特に、幕末の日本史が好きでした。その時代の本や資料を見ているうちに、一人の無名の、二十一歳で死んだ若い郷士に興味を持つようになりました。それが、十津川郷士の中井庄五郎でした。時々、顔を出していた歴史研究会で、中井庄五郎のことが話題になり、庄五郎に関心があるという人間が他にも四人いて、これからは、五人で時々集まって、中井庄五郎の話をしよう。彼について、何か分かったら、その時に発表しようということになったんです。一年以上前のことです」

「その中に、塚本文也さんもいたわけですね？」

「そうです」

「他の三人の名前も教えてください」

「青山京次さん」

「その男なら、現在、逮捕され留置されています。十津川村の歴史民俗資料館に飾ってあった、坂本龍馬から中井庄五郎に贈られた刀二振りを盗んだ容疑です」

　十津川が、いうと、恵も肯いて、

「彼も五人のうちの一人です」

「他には？」

「近藤信さんと、池野英文さん。どちらも二十代で、私以上に中井庄五郎の熱烈なファンです」

　と、恵は、いった。

　十津川は、五人の名前を自分の手帳に書き留めて、いった。

木下　恵
梶本文也
青山京次
近藤　信
池野英文

「確認しておきますが、平松愛さんは、あなたの別名ですか？　同じ歴史研究会の会員で二十九歳。現在のところ行方不明になっていますが」

　十津川が、きくと、恵は、強く首を横に振って、

「いいえ、違います。彼女は先輩の会員ですが、親しくはありません」

　と、いった。

「塚本文也さんと梶本文也さんは、同一人ですね？」

「はい。梶本のほうが本名で、塚本がペンネームです。ただ、彼は、勤めていた会社がうるさいので、研究会でも塚本と名乗っていました」

「どうして、そんな面倒なことをするんですか？」

「私もですけど、みんな仕事や学業を持っています。歴史研究会に月一回出て、勝手なことを喋っている時は、何でもなかったんですけど、五人だけで集まって、中井庄五郎について夢中になって喋ったり、勝手に研究し始めたら、なぜか、中井庄五郎についてのインタビューがあったり、エッセイを頼まれたりするようになってきたりし始めたんです。私も、塚本さんのように中井庄五郎の

ことを書くようになって、会社に遠慮して、ペンネームを使うようになりました。私の本名は木下真理(まり)で、恵はペンネームなんですよ」

「今も皆さん、どこかの会社で働いているんですか？」

「それが、中井庄五郎という人物について夢中になっていけばいくほど、取りつかれてしまって、仕事のことは、もうどうでもよくなってしまうんです。私もですけど、みんな、会社や大学には行かなくなって、いつの間にか馘(くび)か実質休学状態になっているんです。だから携帯以外、会社や学校に電話をしても、みんなに連絡は取れません」

「会社をやめて、どうやって食べているんですか？　あなたは、塚本さんと中井庄五郎に関することを書いて、その原稿料が入ったと思うけど、他の人たちは大変なんじゃないかな」

「アルバイトをやっていると思います。それも、自由な時間を全て、中井庄五郎の研究に使いたいので、肉体労働が多いと思います」

「それじゃあ、時間が不規則で、連絡が取りにくいでしょう？」

「でも、時々は、顔を合わせて、中井庄五郎について話し合いたいんです」

「それで、どうしていたんですか？」

「最初は、三鷹に住んでいた塚本さんのマンションを集合場所にしていました。みんな、あのマンションのキーを持っていて、いつでも、誰が行っても構わないことになっていたんです」

「しかし、四月二十七日に殺されてしまった」

「ええ。残念です。彼だけが三十代で、最近までサラリーマンをやっていて、みんなが彼のことを信用していましたからね」

「われわれ警察は、事件が発生してから動くので、皆さんの中井庄五郎研究を、短く感じてしまうのですが、その前からずっと続けていたわけでしょう？」

「ええ。もちろんです。中井庄五郎の研究は、塚本さんが亡くなる一年以上前から続いていました」

「皆さん、中井庄五郎が好きだったんですよね？」

「ええ」

「それなら、いつも和気藹々の話し合いだったわけですか？」

「それが反対でした」

「どうしてです？」

「対象が西郷隆盛とか、坂本龍馬といった、ある程度、評価の定まった人物ならよかったのですが、中井庄五郎は、最近急に、それも一部の人たちが注目し始めたばかりですから、分からないことも多い。それに、二十一歳で亡くなっていますから、お互い自分勝手に解釈できる部分が多いんです。だから、意見が、ぶつかることが多いんです。会うと喧嘩腰になることがよくありました」

（それが嵩じての殺人か？）

　と、十津川は考えたが、もちろん、それは口にせずに、

「他の三人について、教えて貰えませんか？　青山京次は逮捕したので訊問できますが、あとの二人はよく分からないので。ええ、もちろん、あなたの印象で結構です」

　と、頼んだ。

「二人とも大学生ですが、今は休学状態だと思います。高校時代から歴史研究会の会員だったんで

すけど、もともとは、中井庄五郎のファンではなかったと思います。それが、塚本さんが、京都の護国神社へ坂本龍馬のお墓を見に行ったら、傍らに小さな中井庄五郎の墓が建っていた。あれは、何なのかということになって、注目し始めたようです。そのうちに、あの二人も京都の観光会館に行ったり、十津川村に行ったりしているうちに、熱烈な中井庄五郎のファンになっていました。ただ、二人は、中井庄五郎の見方が、ほぼ正反対で、よく口論していました。近藤さんは、中井庄五郎は明治維新の隠れた功労者と見ていて、逆に、池野さんは、庄五郎は、なぜか明治維新に関心がなく、剣の道だけを考えていた。疾風怒濤の時代だけに、逆に面白いという考えです。だから、一緒になると、よく喧嘩をしていました」

「それに対して、塚本さんは、どう対応していたんですか？」

「最初は、二人の喧嘩を面白がって見ていました。ただ、彼は、中井庄五郎を本に書きたいと思っていましたし、実は、五人の名前で完全な中井庄五郎伝にしたかったので、何とか二人の喧嘩は、やめさせようとしていたんです」

と、恵は、いった。

「その塚本さんが亡くなってしまい、その志を継いで、あなたが中井庄五郎の本を出すことにした？」

「ええ」

「その時、他の三人に、亡くなった塚本さんの気持ちを話しましたか？」

「一応は」

「それで、三人の反応はどうでしたか？」

「これといった反応はありませんでした。それより、この本が売れたら、自分の考えで書いた中井庄五郎の本を出版したいといっていました」

「三人全員がですか？」

「そうです」

「つまり、それだけ、中井庄五郎という人物が謎に満ちていて、まだまだ書く余地があるということですね？」

「正確にいえば、謎に満ちているというよりも、まだ分からないことが沢山ある人間だということなんです。今まで無名の若者でしたから」

　と、恵は、いう。

「そういえば、あなたと塚本文也さんが書いた本の最後は『しかし、――――』になっていました。不思議なラストだと思いましたが、あれは、中井庄五郎について、分からないことが沢山あるという意味で、あんな終わり方にしたのですか？」

「そうです。普通、謎の多い人物でも、その最期は、たいてい、はっきりしているものですが、中井庄五郎の場合は、本当によく分からないのです。それで、二十一歳で死んだと書いたあと、『しかし、――――』と付け足してしまったのです」

「坂本龍馬を殺したのは、新撰組だと思い込んで、新撰組が集まっていた京都の天満屋に仲間と斬り込んでいって殺されてしまった。その時、二十一歳。これが中井庄五郎の最期なんでしょう？　はっきりしているじゃありませんか？」

「一応は、そうなんですが、数十人が入り乱れての斬り合いになったというのに、その斬り合いで、なぜか死んだのは、中井庄五郎一人だけなんです。中井庄五郎は、居合の達人だったといわれているのに、なぜ、彼一人だけが死んだのか、不思議で仕方がない。だから、『しかし、――――』と付け足したんです」

「読者に対する呼びかけですか？」

十津川が、きくと、恵は、

「ええ、まあ——」

と、妙に、あいまいな表情をした。

（ひょっとすると、残りの三人に対する呼びかけではないのか？）

と、十津川は、思った。

恵は、塚本文也を殺したのは、五人の仲間の中の三人、青山京次、近藤信、池野英文の誰かと考えていて、その誰かに読ませようとして「しかし、——」と付け足したのではないかと、十津川は、思ったのだ。

だが、恵は、はぐらかすように、笑っていた。

十津川は、留置されている青山京次と会った。

この時は、亀井も一緒である。

「君が、中井庄五郎の刀二振りを盗んだ理由について述べた供述書を読んだよ。なかなか面白かった」

十津川が、いうと、青山は、眉を寄せて、

「本当ですか？」

と、いう。

十津川の言葉を信用していないというより、自分以外の人間に、中井庄五郎のことが分かってたまるかという怒りのようなものを感じた。

「そのあと、塚本文也と木下恵の共著『奇は貴なり』を読んでね。君も読んだか？」

「贈られてきたので、読みましたよ」

「それで感想は？」

「不満ですね。肝心なことが、何も書かれていない」

「それは、どんな点だ？」

「中井庄五郎の最期の部分です。謎に包まれた彼の最期が、全く解明されていません。あれでは、中井庄五郎を書いたことにはならない」

「その点を詳しく話してくれないか」

　と、十津川は、いった。

　とたんに、青山は、雄弁になった。

「とにかく、中井庄五郎の死は、疑問だらけです。それを解明しなければ、中井庄五郎を書いたとはいえませんからね」

「敵味方入り乱れて、数十人の斬り合いだったのに、中井庄五郎一人だけが死んだことかな？」

「それもありますが、その前に中井庄五郎たちが、天満屋に斬り込んだとたんに、彼の刀が鍔元で折れてしまったことが、まず不思議なんですよ」

「しかし、日本刀というのは、曲がりにくいが、折れやすいと聞いたことがあるよ」

「それは、現代人の考えです。特に、中井庄五郎の生きた時代の京都は、毎日のように、血なまぐさい斬り合いがありました。その上、彼は、居合の達人で、何人もの人間を斬ってもいます。そんな人間は、刀を大事にします。人を斬ったり、稽古で使ったあとは、必ず砥ぎ師に渡したり、修理を頼んだりしますから、いきなり折れるなんてことは、まず考えられないんです。もう一つ、天満屋に斬り込んだ時、どんな刀を使ったのかが分からないのです。普通に考えれば、坂本龍馬の仇を討つんだから、龍馬から貰った刀を使うでしょう」

「そのことは『奇は貴なり』にも書かれているよ」

「しかし、調べていない」

「それで、君は、十津川村の資料館から盗んだのだったね」

「この眼で確かめたかったからですよ。中井庄五郎が、坂本龍馬から貰った刀を、最後の戦いに使って、折れてしまったとすれば、十津川村に展示されている刀は、ニセモノですからね。それを確かめたかったんです」

「自首してきたときも、そういっていたね」

「はい。坂本龍馬の刀に間違いないことが分かりました」

「それで結局、鍔元が折れた刀は、どんな刀だったんだ?」

と、十津川が、きいた。

「中井庄五郎は、他に、別の刀も貰っています。一振りは、姉のおとめから、上京の時に坂本龍馬に贈られたもので、これは有名な刀鍛冶が作ったものです。中井庄五郎は、この刀も、龍馬から貰っていたかもしれない可能性があります。龍馬が、これからは刀よりも拳銃、拳銃よりも国際公法と口にしていたことは有名ですから、もし、最期の時、拳銃は使ったが、刀は持っていなかったとなれば、この刀も、中井庄五郎に与えてしまったと思われますが、最期の時、龍馬は、刀を持っていました。したがって、龍馬は、姉のおとめから贈られた刀を最後まで身につけていたと私は考えます。龍馬は、この姉が好きだったといわれていますす。なので、中井庄五郎が龍馬以外の人間から貰った刀となると、一振りしか考えられないのです。それは、長州の品川弥二郎に頼まれて、中井庄五郎が、スパイ行為を働いていた藩士を斬り、密書を手に入れた。それに感謝して、長州公より刀一振りが贈られている。その刀ではないのか。長州藩主より贈られたわけですから、安物の筈がありません。龍馬の仇を討つ時に、その刀を差して出かけたのではないかと、私は考えているのです」

「君が、そう確信するには、それだけの理由があるわけだろう？　それを話してくれないか」

　十津川が、いうと、青山は、即答せず少し考えてから、

「出来れば、自分たちのグループが集まったところで発表したい」

　と、いった。

「例の五人のグループのことか？」

「そうです。特に、本を出した恵の意見も聞きたいから」

「私としては、他の二人にも会って話を聞きたいんだがね」

　と、十津川は、いった。

「近藤と、池野ですか？」

「そうだよ。二人に連絡が取れなくて困っている」

「みんな、塚本殺しの容疑者にされるのが怖いんですよ。おれみたいに、平然としていればいいのにね」

「この二人が現在、何処にいるのか知らないか？」

「近藤なら、連絡が取れるかもしれません」

　と、青山が、いう。

　近藤信も、天満屋で中井庄五郎が、どんな刀を使ったのか興味を持っていて、青山が十津川村に保管されている刀を調べたら、その結果を教えてくれと、いっていたというのである。

「携帯の番号を教えてくれていたんですが、こっちから連絡する前に、おれが捕まってしまって」

　と、青山が、いう。

「では、押収してある君の携帯を返すから、近藤信さんに連絡を取ってくれ。もちろん、容疑者扱いは絶対しないと約束する」

「おれも同席したいから、考えてくださいよ」

「いいだろう。自首したことを考慮する」

と、十津川は、約束した。

この時、十津川の頭にあったのは、もう一人の池野英文のことだった。

四人全員を一カ所に集めて、話を聞きたいと、十津川は、思っていた。

刑事たちが、必死に、二人を追っているのだが、いぜんとして居所が分からない。

そんな時、意外なことから、池野の消息がつかめることになった。

塚本文也と、木下恵の共著である『奇は貴なり』の売行きが良かった効果か、出版社に池野のほうから連絡がきたのである。

本には「著者へのメッセージ」というハガキがついていて、宛先は出版社になっている。そのハガキが、一二枚ほど届いていたが、その中に、H・IKENOという名前のものがあった。著者の木下恵に照会したところ、会いたいと思っていた池野英文に間違いなく、このことを、すぐ十津川にも知らせた。

十津川が、恵に、ぜひ池野に会いたいというと、

「ハガキには、住所や連絡先、携帯の番号も書いてありませんでしたが、質問調の文面から見て、私と話がしたいのだと思います。だから、必ず連絡してくると思います」

と、いった。

これでうまくいけば、三人全員で集まれそうである。

それに、十津川としては、現在勾留中の青山京次も参加させたかった。そのためには、十津川村に近い京都で集まるのが都合がよかった。京都なら、勾留がとかれたらすぐ集合出来るだろう。

恵が予想した通り、一週間後に、池野が、恵に連絡してきた。それより一日前に、青山の携帯に、近藤のほうから連絡があったので、上手い具合に、京都のホテルの一室に、四人を集めることが出来た。

「奇跡だね」

と、十津川は、喜んだが、四人にしても、中井庄五郎について、お互いにいいたいこと、聞きたいこと、議論したいことがあって、何とか会いたいと思っていたのかもしれなかった。

その際、本を出した恵に対して、三人は自分たちの「中井庄五郎像」を披露したいと思っているのではないか。

その四人の中に、塚本（梶本）文也殺しの犯人がいるに違いないと、十津川は、思っていたが、ホテルの周辺に刑事たちを配置することはしなかった。そのほうが、真相に近づき易くなると考えたからである。

池野英文と、近藤信の二人に会うのは、十津川は、初めてだった。もちろん、刑事を使って若い二人のプロフィールは調べてあったが、それは口にするまいと決めていた。

今日一日は、四人に、自由に喋らせておこうと考えたのだ。

十津川が用意したのは、京都のホテルの一室と、コーヒーに茶菓子だった。

最初に、口を切ったのは、青山京次だった。

「中井庄五郎について調べていくと、最大の謎は、なぜ、一人だけ死んだのか。また、中井の刀が、なぜ、いきなり鍔元から折れてしまったのかという謎です。中井は、若くして居合の達人といわれた男です。当然、自分の持つ刀について、よく知っていた筈だし、手入れもしていた筈です。だから、斬り合いになったとたんに折れてしまったというのは、どうしても考えられないのです。とすれば、なぜ、一人だけ殺されたのか。なぜ、鍔元が折れてしまったのか。この二つの謎は、何としてでも解明しておくべきものなのに、塚本文也と木下恵の共著の中では、この点が解明されていません。これでは、とうてい中井庄五郎の本とはいえないのです。近藤と池野の二人にも聞きたいんだが、この二つの謎を、君たちは解明できたのか？」

「そういう青山は、できたのか？　偉そうにいっているが」

「もちろんできている。だから、いっているんだ」

「それじゃあ、まず君の説を聞こうじゃないか」

と、二人が、同時に、いった。

「私も聞きたい」

と、木下恵も、いった。

「警察も、証拠採用しないから、話してみてくれ」

と、十津川が、いった。

「では、最初の謎解きは、死ぬ時、中井庄五郎が、どの刀を使っていたかということです」

と、青山が、いった。

「中井庄五郎は、十津川村に生まれました。幼少の頃から剣の修行に励んだといわれますが、家が豊かだったという話は聞きません。十七歳の時、他の郷士と一緒に、京都に上りますが、彼が名刀を持っていたという話はありません。その後、坂本龍馬と親しくなって、龍馬から刀を贈られています。龍馬の手紙によれば、それは名刀『青江吉次』といわれています。普通に考えれば、中井庄五郎が最期の日に差していた刀は、この青江吉次ではないかと考えられます。坂本龍馬の仇を討とうとしていたのですから。しかし、その青江吉次は現在、十津川村の歴史民俗資料館に展示されていて、そこに添えられた説明文には、仇討ちの日に使われたとは、一言も書いてありませんでした。

もう一振り、龍馬から贈られたのではないかと思われる刀は、肥前忠広（ひぜんただひろ）です。龍馬が土佐を脱藩した時、姉のおとめが、肥前忠広を持たせたといわれています。兄が贈ったという話もありますが、とにかく、龍馬は、肥前忠広を持って土佐を出ているのです。このあと、龍馬は、江戸、長崎、京都と歩き、勝海舟に会い、亀山社中を作り、西郷隆盛と親交を深めます。こうした中で、坂本龍馬は、これからは刀の時代ではなく、銃の時代であると考え、更に、銃の時代ではなく、法律の時代だといっています。したがって、龍馬が、肥前忠広も、中井庄五郎に贈ってしまった可能性があるわけです。しかし、龍馬が殺された時、肥前忠広が傍らにあったといわれていますから、この刀を、中井庄五郎が使った説は消えました。あと、残るのは、彼が、長州藩侯から贈られた刀です。どんな刀だったのか、はっきりしませんが、たぶん、古い名刀ではなく、新しく作られた、いわゆる新刀が贈られたと思うのです。長州は大藩ですから、藩士たちに年間、褒賞として贈られる刀も数が多いでしょう。だから、藩内の刀鍛冶に作らせた新しい刀を贈っていたのではないかと思うのです。

この頃の新刀がどんなものであったかというと、第一に、軽くなっています。刀には、刀身に溝が彫ってありますが、新刀では、その溝が深くなっていて、重さも古い刀の四分の三になっていると聞きました。更に、新刀の特徴として、美術品的になっているそうです。刀身に繊細な竜が彫られていたり、三百年近くに及ぶ平和な江戸時代の影響で、刀は実用的であるよりも、装飾や細工を凝らした、美しさを追求した美術品的なものになった。それが新刀の特徴だというのです。幕末から争いの世になり、古い名刀といわれる刀が尊重されるようになりましたが、藩侯が褒美として贈った刀は、美術品的な新刀だったと思うのです。昔の名刀は、そんなに多くはありませんから。また、居合の達人だった中井庄五郎にしてみれば、重い刀より軽い刀のほうが使い易かったと思うのです。

それで、あの日、天満屋に斬り込む時、中井庄五郎は、腰に、その新刀を差して出かけたと、私は、そう考えるのです。

もう一つ、中井庄五郎の刀は、鍔元から折れたといわれていますが、調べてみると、正確には、鍔元一寸で折れたということが分かりました。これこそ新刀の刃の溝のある位置なのです。鍔元一寸から彫られているのです。新刀の中には、その溝が深いため、反対側が透けて見えるものもあったといわれています。それが、刀の美とされたのです。たぶん、中井庄五郎が、長州藩侯から頂戴した刀は、そうした新刀で、慶応三年（一八六七年）十二月七日に身につけていた刀は、その新刀だったと思うのです。そのため、鍔元一寸、つまり、深い溝の始まるところで折れてしまったと、おれは考えるんです」

それだけ、まくしたてると、青山は、続けて、

「なぜ、この乱闘で中井庄五郎一人だけが死んだのか、その点についても、意見を持っていますが、他の連中も、それぞれ意見を持っていると思うので、聞いてみてください」

と、司会役の十津川に、いった。

2

これに応じて、近藤が、自分の意見を喋り始めた。

十津川が調べた限りでは、近藤はＳ大の三年生で、高校時代から日本の歴史と旅行が好きで、Ｓ大に入ってからはアマチュアの歴史研究会に参加し、その中でも、他の四人と一緒に、十津川郷士・中井庄五郎に興味を持って調べ始めた。二十一歳の青年である。

「坂本龍馬が、中岡慎太郎と共に京都の近江屋で殺されたのは、慶応三年の十一月十五日です。そして、庄五郎が、その仇を討つために京都の天満屋にいた新撰組を襲撃したのは、同じ慶応三年十二月七日です。問題は、この日時にあると、ボクは考えるのです」

近藤は、手製のボードを取り出した。とたんに、他の三人から苦笑がもれたところを見ると、彼は、仲間と討論する時には、必ず手製のボードを持ち出すのだろう。

ボードに書かれていたのは、次の事項だった。

慶応三年十月十四日
徳川慶喜大政奉還。連合による新しい政治を約束。これには、土佐藩が音頭を取り、薩摩

も賛同した。

同日

薩長の画策により、討幕の密勅下る。土佐藩は、ニセの密勅と反撥(はんぱつ)する。

慶喜の大政奉還に動いた坂本龍馬は、薩摩の西郷、大久保に裏切られたと怒る。

慶応三年十一月十五日

坂本龍馬、中岡慎太郎暗殺。

慶応三年十一月二十三日

薩摩藩主、島津忠義(しまづただよし)が、兵を率いて上洛。西郷、大久保は、諸侯会議を経ることなく、クーデターによる討幕と新政府の樹立を目指す。長州も武力による討幕を目指し、兵を上洛させる。

慶応三年十二月七日

中井庄五郎、京都・天満屋にいた新撰組に斬り込んで亡くなる。

慶応三年十二月九日

王政復古の大号令。

やがて、戊辰戦争始まる（翌年一月三日、鳥羽・伏見の戦い）。

「この年表をよく見てください。慶応三年十月十四日から、物すごい勢いで世の中が動くんです。最初は、坂本龍馬たちによって、薩長同盟が生まれ、土佐藩主山内容堂を動かして、将軍慶喜に大政奉還をさせます。その大名連合（諸侯連合）で新しい政治をやっていく。これには、薩摩も会議に出て、賛成しているのです。龍馬の考え、いわゆる船中八策に合致していますので、彼もほっとしていたと思います。薩長同盟に動いたのも、幕府との勢力の均衡を図って、幕府の第二次征長をやめさせるためでしたから。ところが、薩摩と長州は、ひそかに討幕の密約を結んでいて、同じ十月十四日に、討幕と賊の慶喜を殺せという密勅を手に入れるのです。この密約については、塚本さんと恵さんの共著にも書かれていますので、くわしくはいいませんが、密勅がニセモノであることははっきりしています。ところが、薩摩と長州は、討幕の軍を続々と京・大坂に集めていきます。龍馬たちは、これを防ごうとするのですが、邪魔になった龍馬は殺されてしまいます。中井庄五郎は、犯人を新撰組と見て、龍馬の仇を討とうと、つけ狙います。しかし、時代は、庄五郎の気持ちとは関係なく、大きく動いていくのです。庄五郎が天満屋に斬り込んだのは、十二月七日ですが、その一カ月後の翌年一月三日、鳥羽・伏見の戦いが起きていますから、日本を二分する戊辰戦争が直前に迫っていたのです。そんな空気の中で、中井庄五郎たちは、十二月七日、新撰組の集まっていた天満屋に斬り込んだんです」

ここで、近藤は、一息ついてから続けた。

「今もいったように、戊辰戦争寸前の時です。新撰組は、最後まで幕臣として、大義を貫こうとしていた筈です。その後の新撰組の戦いを見ても、それは明らかです。彼らは、鳥羽・伏見で戦い、東海道で戦い、上野で戦い、会津で戦い、土方歳三は、最後に箱館で死んでいます。そう考えると、この日、天満屋に集まっていたのは、漠然と集まっていたのではなく、鳥羽・伏見の戦いに行くために集合していたのだと思うのです。一方、中井庄五郎たち一六人は、坂本龍馬の仇を討つために、天満屋に斬り込んだことになっています。しかし、龍馬が殺されてから、二十二日も経っているのです。それも、ただの二十二日ではありません。激動の二十二日間です。討幕を叫ぶ薩長は、兵を京・大坂に集め、幕府側も兵を集めて、一触即発の状況だったのです。一六人の中で、最後まで坂本龍馬の仇討ちに燃えていたのは、中井庄五郎ただ一人だったのではないか。例えば、陸奥宗光についていえば、この時、二十三歳、海援隊に入っていたので、海援隊を作った坂本龍馬の仇を討とうとしたと考えられるのですが、陸奥宗光の伝記を読んでも、天満屋の一件は、なぜか出てきません。それに、陸奥宗光は、討幕に身を投じて、明治維新の功労によって、新政府では大臣にまでなっています。

また、最近の研究では、坂本龍馬と海援隊の関係は、さほど強くはなかったことが分かってきています。海援隊の前身は、亀山社中ですが、発足の時に龍馬の名前はないというのです。亀山社中、海援隊の実務は龍馬ではなく、若者たちが担っていた。その名前も、近藤長次郎、高松太郎と分かってきています。その辺りの微妙な状況は、陸奥宗光にも分かっていたと思うのです。龍馬の仇討ちを叫んだあと、冷静になって、龍馬との関係の希薄さに気づいたのではないか。それに、討幕に燃える陸奥宗光の考えと、龍馬の考えも違っている。それで、天満屋に斬り込んでも闘志がわかず、途中で姿を消してしまったのではないかと、ボクは考えます。

相手の新撰組にしても、今もいったように、鳥羽・伏見の戦いに行くために集まっていたわけですから、この戦いの中で、龍馬の仇討ちに燃えていたのは、時代の動きに関心が無く、ひたすら龍馬を個人的に愛し、尊敬していた中井庄五郎一人だけということになってきます。冷静に考えれば、その姿はピエロのようにも見えますが、ボクは、その純粋さに惚れています。もっとも他の一五人は引いてしまい、相手の新撰組は、鳥羽・伏見に向かって出陣しようとしていたのに、たった一人、逃げもせずに向かってくる中井庄五郎を持て余していたのではないか。龍馬を殺したのは、自分たちではないと説得しても、いうことを聞かない庄五郎を、最後には多勢で斬り伏せたのだと思う」

「その話に、私は反対だよ」

と、池野英文が、口を挟んだ。

池野は、近藤と同じ大学三年生で二十一歳だが、大学は違う。

その上、五人の中で池野だけが、十津川村の生まれである。地元の高校を卒業したあと、京都の大学に入った。それだけに、中井庄五郎に対する見方も、他の四人とは少し違う。

「どこが反対なんだ？」

と、青山が、きく。

青山にしてみれば、池野が、何かというと庄五郎と同郷の生まれだと自慢するのが癪に障っていたらしい。

「庄五郎が、坂本龍馬を殺したのは新撰組だと思い込んでつけ廻したという、その見方がだよ。庄五郎は、それほど単純な人間じゃない」

と、池野が、いった。

それに対しては、近藤が、反撥した。

「しかし、庄五郎は、新撰組をつけ廻して、最後には天満屋に集まっていた新撰組に斬り込んでいるじゃないか」

「だから、それが皮相な見方だというんだよ」

池野は、妙に、自信にあふれたいい方をする。

「どこが皮相なんだ？」

「それなら、庄五郎は、誰が犯人だと思っていたというんだ？」

青山と、近藤の二人が、池野に食いついていった。

「一人いるじゃないか」

「見廻組か？」

「いや」

「そうか。味方だと思っていた西郷か大久保か。面白いが、証拠はゼロだぞ」

「西郷でも大久保でもない。君たちが忘れている人間がいるじゃないか」

「誰だ？」

「その前に、庄五郎が、新撰組を犯人とは考えていなかった理由を話すから、よく聞いてくれ」

池野は、落ち着き払って、いうのだ。

「ぜひ話してください。私も聞きたい」

と、十津川が、いった。

これは本音だった。それに気をよくしたのか、池野の口は、いっそう滑らかになった。

「中井庄五郎は、土佐脱藩浪士の那須盛馬と共に、京都に上ると、若い二人は、飲んでは京都の町を歩き廻って、ある夜、新撰組の若手三人、沖田総司、永倉新八、斎藤一と喧嘩になり、庄五郎は無傷でしたが、那須盛馬のほうは深手を負っています。庄五郎のほうは、その後も京都の町を歩き廻っています。明らかに、新撰組に喧嘩を売っているのです。そのため、庄五郎は、新撰組という組織にくわしくなっていった筈です。庄五郎は、若くても居合の達人ですから、プロの眼で新撰組のことを見ていたわけです。

さて、慶応三年十一月十五日、近江屋で龍馬と中岡慎太郎を襲撃した犯人は『十津川の者です』といって、安心させておいて、いきなり部屋に飛び込んで斬りつけたといわれています。これは、常識で考えても、新撰組のやり方ではありません。新撰組の襲撃で有名なのは池田屋事件で、これが典型的な新撰組のやり方でしょう。彼らは、グループで行動し、まず、旅館を取り囲み、次に仲間が来るのを待って、正面から堂々と乗り込みます。これは、彼らが腕に自信があるためと、組として行動する訓練をしていることを意味しています。庄五郎が、京都の河原で喧嘩をした時も、相手は三人で組を作っていたのです。実戦で、新撰組がどんな集団かを知っていた庄五郎は、龍馬が殺された時、犯人は新撰組ではないと判断した筈です」

「では、犯人は、誰だというのですか？」

と、十津川が、きいた。

「いろは丸事件というのがあります。坂本龍馬が関係した亀山社中では、薩摩藩から、いろは丸という商船を借りて、それで商売していたのです。それが慶応三年四月（一八六七年五月）、瀬戸で紀州藩の明光丸と衝突、沈没してしまい、裁判になりました。その時、国際法典にくわしかった龍馬が、まんまと紀州藩に、損害賠償として八万三千両という大金を支払わせました。この時の裁判で龍馬と戦ったのは、紀州藩士の三浦休太郎です。彼は、裁判で龍馬に負けただけではなく、紀州藩に何万両という損害を与えてしまったのです。これに勝る屈辱はないでしょう。そこで、坂本龍馬への復讐を考えたのです。しかし、龍馬は、江戸の千葉道場で免許皆伝の腕、その上、拳銃を身につけているという噂が流れていましたから、個人で戦って勝てる相手ではありません。といって、同じ紀州藩の中で、腕の立つ者を選んで、龍馬殺しを頼むわけにもいきません。そんなことをして龍馬を殺せたとしても、もし、それがバレたら、藩の恥になってしまいます。そこで、紀州藩以外の人を探すことにしました。当時は、紀州藩士以外にも、多くの殺し屋（テロリスト）がいたし、その名前は、公然のものでした。河上彦斎、田中新兵衛、岡田以蔵といった連中です。あの時代、彼らは、ある意味で英雄でした。庄五郎が、あのまま生きていたら、たぶん、有名な殺し屋（テロリスト）になっていただろうと思います。当時の京都は、勤皇、佐幕が入り乱れ、毎日誰かが殺されていましたから、殺し屋（テロリスト）も、必要が生んだ存在だと思うのです。紀州藩の三浦は、殺し屋（テロリスト）に大金を払って、坂本龍馬を殺したのです。この時、殺し屋（テロリスト）に与えられた情報は、たぶん、近江屋の二階で飲んでいることと、十津川郷士を信用していることの二つだけだったと思います。だから、殺し屋（テロリスト）は『十津川村の者です』といって、龍馬を油断させたに違いないのです。いろは丸事件のことは、庄五郎は、龍馬から聞いていたに違いありません。龍馬にしてみれば、痛快な事件に違いないし、何よりも、彼が相手よりも海の国際法にくわしかったことによる勝利です。これからの時代は、剣よりも銃、銃よりも法律が力を持つという龍馬の持論にもかなう事件ですから、庄五郎にも話していたと思うのです。ただ、庄五郎は、この話を、彼の理屈で受け止めていたと思います。龍馬は、これからは法律が物をいう時代だとして、庄五郎に聞かせたのだと思いますが、庄五郎は、裁判に敗けて多額の賠償金を取られた紀州藩も、当事者の三浦という武士も、さぞ龍馬を恨んでい

「多くの本が、庄五郎は、新撰組をつけ廻していたと書き、恵さんと塚本さんの本でも、同じことが書いてありますが、新撰組の屯所は壬生にあり、また、いつも組で行動していたわけですから、つけ廻すとか、探し廻るというのはおかしいのです。新撰組の犯行と確信したのなら、壬生の屯所に斬り込めばいいわけですから。したがって、庄五郎が探し廻っていたのは、紀州藩士の三浦なのです。三浦のほうは、藩に迷惑をかけられないというので、藩から離れていたと思われるのですが、自分のことを庄五郎が探し廻っていると知って、恐怖に襲われたと思います。この頃、京都では、庄五郎は、かなり有名な存在になっていたと思われるからです。京の河原で、新撰組の沖田総司たちと斬り合っていたし、長州藩の品川弥二郎に頼まれて、同じ長州藩の藩士を斬ったことも知られているだろう、危険だと、即物的に受け止めていたに違いないのです。何しろ、庄五郎は、龍馬の護衛役を任じていましたから。十一月十五日に龍馬が暗殺された時、これは新撰組ではなく、紀州藩の犯行と考えた。しかし、まさか紀州藩のような大藩が、藩を挙げての殺しをしたとは思えないから、龍馬との論争に敗れて、藩に屈辱と経済的な損失を与えた三浦の犯行と、庄五郎が考えたのは当然でしょう。当時、三浦は、その責任を取って、藩を離れていたといいますから、庄五郎は必死で、その行方を探し廻ったと思います」

池野は、ここで一息つき、コーヒーを口に運んだ。

十津川も、新撰組以外の名前が出てきたので、興味を感じていた。

池野が続ける。得意そうな表情だ。

たと思います。そこで、三浦は、誰に助けを求めたか。紀州藩には迷惑はかけられません。京都守護職の会津にもです。そう考えてくると、誰もが思いつくのは新撰組です。幕府への忠誠を誓ってはいましたが、元々は無頼の集まりです。何よりも腕の立つ武士の集まりです。そこで、三浦は、新撰組に自分を守ってくれるように頼んだと思います。新撰組は親幕府で、反勤皇です。紀州藩は、幕府方の大藩ですから、新撰組は喜んで、三浦の護衛を引き受けたと思います。紀州藩からの依頼もあったのではないでしょうか。新撰組が、三浦を匿っていることは、庄五郎も気づいたと思います。しかし、それで仇討ちを諦める庄五郎ではありません。ただ、新撰組が、どこに三浦を匿っているのかが分からない。したがって、新撰組をつけ廻したのは、新撰組自体が目当てではなくて、新撰組が、三浦を匿っている場所を知りたくて、それでつけ廻していたのだと思います。その結果、十二月の七日になって、三浦が新撰組の隊士と一緒に、天満屋にいることが分かり、庄五郎は、三浦を殺すために天満屋を襲撃したというのが真相だと、私は確信しているのです。途中で、そのことを知って、他の一五人は、更に引いてしまい、たぶん、乱闘の途中で姿を消したのだと思います。しかし、庄五郎は、現場に、新撰組の隊士と一緒にいる三浦を発見して、逃げるわけにはいきません。一途な人間ですから、他の仲間が逃げてしまったとしても、敵の刀を奪って戦い続けたのです。

一方、新撰組の隊士たちも、『義を取り生を捨つるは、吾(われ)が尊ぶところなり』で生きていますから、一度、守ると約束した以上、三浦を殺させるわけにはいきません。必死で庄五郎と戦い、最後には、斬り伏せてしまった。これが天満屋事件の真相だと、私は判断しています。このあと、新撰組は、戦いの予想される鳥羽・伏見に急いだと思います。歴史上でも、新撰組は、鳥羽・伏見の戦いで、薩長と戦っていますから。また、天満屋で助かった三浦も、新撰組の隊士たちと一緒に鳥羽・伏見に向かったと思います。そのあと、どうなったのかは分かりませんが、幕府方の人間として戦った筈です。紀州藩士ですから。

この時を以て、中井庄五郎の二十一年の短い生涯は閉じられるのですが、改めて思うのは、中井庄五郎の一途な生き方です。一途すぎるのです。庄五郎が龍馬の生き方、考え方を、本当に理解していたとは思えません。龍馬の有名な船中八策を、おそらく知らなかったでしょうし、薩長同盟の意義についても、分からなかったと思うのです。庄五郎は、ひたすら龍馬のいうことを信じ、ひたすら尊敬し、ひたすら好きだった。庄五郎としては、それで十分だった。だから、龍馬の仇を討つためなら、自分を犠牲にしても悔いはなかったんです。私は、そんな庄五郎の生き方が好きで仕方がない。現代のような、損得で考えれば、バカげた生き方ですからね。それで逆に、私には素晴らしく思えるのです。しかし、一方、庄五郎の生き方を軽蔑する人間もいるわけです。われわれ五人の中にもいると、私は思っています。誰とはいいませんが」

池野は、妙ないい方で、話を打ち切った。

案の定、近藤が、文句をぶつけてきた。

「君は、どうなんだ？　中井庄五郎が、ここにきて名前を知られるようになったので、庄五郎の生き方が好きだといっているが、本音は違うだろ」

と、いい、青山も、

「確か、以前、勤皇の志士たちの損得勘定プラスマイナス表なるものを作ってきて、その中で、新人中井庄五郎は、マイナス八十点、現代では生きること出来ずと書いていた筈だよ」

と、いった。

「それは、私じゃない」

と、池野が、いい返す。

十津川は、恵を見て、

「亡くなった塚本さんは、中井庄五郎をどう評価していたんですか？」

と、きいた。

「それは、本に書いた通りです」

と、恵は、いう。

それに対して、

「それは、違うんじゃないか？」

突然、青山が、いったので、十津川は、驚いた。すでに亡くなっている塚本文也のことだったからである。

恵が、反応しないので、

「違うというのは、どういうことですか？」

と、十津川が、きいた。

「本では、京都で中井庄五郎の小さな石碑を見つけて、この人物について調べていくことになっていますが、塚本さんは、その前からひとりで中井庄五郎に興味を持って、調べているんです。その結果、批判的に見るようになっていたんじゃないかな。亡くなる直前の塚本さんから、それらしい言葉を聞いたことがあったんです。本では時間をずらし、塚本さんも、中井庄五郎の生き方を肯定するように書いていますが、あれは嘘ではないかと思いますね」

と、青山が、主張した。

「証拠があるんですか？」

十津川が、きく。

「確か、塚本さんは、ずっと手帳にメモを取っていた筈です。その手帳はたぶん、共著者の恵さんが持っていると思いますが」

青山がいったとたん、間髪いれずに、恵が、

「私は持っていませんよ」

と、声をあげた。

「あれば、本を書く上で参考になると思ったけど、見つかりませんでした。皆さんの誰かが持っているんじゃありませんか？」

3

警察が、殺された塚本文也（梶本文也）の三鷹のマンションを調べた時には、そんな手帳は見つかっていない。

もし、青山の証言のように、手帳があったのなら、犯人が持ち去ったのだろうか？

このあと、四人のいい争いになった。

手帳はあったのか？　あったとすれば、今、誰が持っているのか？

塚本文也は、中井庄五郎をどう思っていたのか？

本の通りだったのか、それとも、違うとすれば、共著者の恵が、嘘を書いたのか？

十津川が、わざと放っておいて見ていると、四人の言葉が次第に激しくなって、最後には、誰が、塚本文也を殺したのかという話になり、お互いを疑い始めたのである。

「君は、死ぬ前の塚本さんと、いろいろと話し合

っているんだろう？　その時、他の三人の誰といちばん気が合わなかったかを聞いていたんじゃないのか。ぜひ、それを教えて貰いたいんだ」

と、青山が、恵に詰め寄る。

「彼は、仲間の悪口なんかいう人じゃありませんでしたよ」

恵が、反撥する。

「そんなことはないよ。一緒に酒を飲んだ時なんかには、はっとするほど正直に話していた。われわれ仲間の悪口もね。だから、君には、どんな話をしていたのか、ぜひ知りたいんだ」

と、青山が、しつこく続ける。

そんな青山に向かって、近藤が、

「君は、どうして、警察に逃げ込んだんだ？」

「逃げ込んだわけじゃない。坂本龍馬から中井庄五郎に贈られた刀のことを調べたくて、十津川村の歴史民俗資料館から盗み出したので、警察に捕まったんだ」

「いや、自首したんだよな」

「同じだよ」

「同じじゃない。警察に逃げ込んだんだ」

「そんな必要はなかったよ」

「君は、われわれの中で、塚本さん殺しの犯人じゃないかと疑われていた。だから、自首という形で警察に逃げ込んだんだ」

「その点は同感。私も君を疑っていた」

と、池野が、加勢した。

黙って聞いていた恵が、そこに割り込んできた。

「塚本さんだって、皆さんの意見に何もかも賛成じゃなかったわ」

この一言に、三人が、敏感に反応した。

「おれたちの中で、誰の悪口をいちばんいっていたか教えてくれよ」

　と、青山が、いう。

「中井庄五郎に興味を持ってから、塚本さんに、いろいろと教えて貰いました。最初の頃は、塚本さんから一方的に、中井庄五郎についてエピソードなどを聞くのが楽しかったんですけど、ボクも、いろいろと庄五郎について調べ出すと、意見が合わずに喧嘩もするようになった。そんなボクのことを、塚本さんがどう思っていたのか、それを知りたいんですがね」

　と、いったのは、近藤だった。

　三人目の池野は、少し違うことを、いった。

「いつだったか、塚本さんと二人だけの時、塚本さんが、私にいったんですよ。突然、脅迫状を貰った。中井庄五郎は、お前だけのものじゃない。勝手に解釈するな。この先も続けるなら殺すと、書いてあった。ショックだったが、いちばんのショックは、脅迫状の主が、どうやら一緒に中井庄五郎の研究をしている仲間の一人らしいことだったと、そういわれましてね。とっさに、どういったらいいか困ってしまったので、私かもしれませんよと冗談をいったら、塚本さんは笑って、君じゃないことは分かっているんだと、いわれてね。そのことを時々、思い出すんです」

　一瞬の沈黙、それを破ったのは、青山の笑い声だった。

「塚本さんは、おれにも同じことをいったことがあるんだ。突然、脅迫状を貰った。どうも仲間の一人らしくて、それがショックだったとね。だから、おれもわざと、犯人は、おれかもしれませんよといったら、塚本さんは笑って、君じゃないことは分かっているというんだ」

青山の言葉で、皆の眼は残りの、近藤に向けられた。その強い視線をはね返すように、

「塚本さんは、ボクにも同じことをいっていたよ。亡くなる少し前、二人だけになった時、突然、塚本さんが、ひどい脅迫状が届いたんだが、どう考えても、仲間の一人が書いたもので、そのことにすごいショックを受けているといわれたから、ボクもショックを受けてね。わざとふざけて、犯人は、ボクかもしれませんよといったら、塚本さんが笑って、君が犯人だとは思っていないと、いったので、ボクは安心したんですがね」

聞いていて、十津川は、思わず苦笑してしまった。

三人とも、顔は笑っているが、内心は、自分に塚本文也殺しの疑いがかからないようにと、必死なのだ。

亡くなった塚本が、三人に向かって、本当に脅迫状の話をしたのかどうかも分からない。したとしても、三人全員にしたのか、それとも、一人だけにしたのか、確かめようがない。

「どうなんですかね？　塚本さんは、脅迫状の話を、あなたにもしていましたか？」

十津川は、恵に向かって、きいた。

「ええ。私も聞きました」

と、恵が、答える。

「それで、犯人は誰か分かっていると、いっていたんですか？」

「名前はいいませんでしたが、怖いといっていました。どう見ても、脅迫状の主は本気だと」

「脅迫状のことは、仲間の青山さんたち三人にも話したと、いっていましたか？」

「いえ。でも、ひょっとすると、自分は殺される

かもしれない。その時には、犯人が分かるようにしておくとも、いっていました。よほど怖かったし、口惜しかったんだと思います」

と、恵は、いった。

少しずつ、その場の空気が重くなっていくのを、十津川は感じた。

刑事の十津川から見れば、ある意味、好ましい雰囲気だった。この空気に負けて、犯人が、塚本文也殺しを自供するかもしれないからである。

しかし、そこに行く前に、

「ごめんなさい。少し疲れました。今日は、この辺でお開きにしましょう」

と、恵が、いったのである。

その一言で、あっけなく重苦しい空気に風穴が開いてしまった。

男たち三人は、ほっとした顔になっている。

「ボクも少し疲れた。帰って寝たい」

「タクシーを呼んでくれませんかね」

「おれは、ホテルに泊まりたい」

勝手なことをいい出したが、十津川は、全て許可した。

その後、ホテルの部屋に入ろうとした木下恵に声をかけた。

「恵さん、本当はあなたが塚本さんの手帳を持っているんじゃないですか？　彼といちばん会っていたのは、共著者のあなたですから、彼の手帳を預かっていたとしても、不思議じゃない。どうですか？」

「すみません。たしかに手帳は私が持っています。でも、私が塚本さんを殺して奪ったんじゃないんです。塚本さんが書いた小説の続きを、私が書くために、彼の手帳を借りていたんです。さっきは私がその手帳を持っていると言わなかったのは、私が塚本さん殺しの犯人にされると困るので、思わず持っていないと言ってしまったんです」

「あなたが犯人だとは考えていませんよ。ただ、犯人捜しのため、協力して下さい。今夜、あの青山、近藤、池野の三人に電話して、『本当は塚本さんの取材手帳は私が持っていて、犯人の名前も書かれているんです。もう、黙っていることに耐えられないので、明日の朝、警察にいうつもりだ』と、伝えて貰えませんか？　その手帳に自分の名前が書かれていると分かったら、犯人はあなたを襲うか、あるいは逃げ出すか、どちらかの行動に出るはずですから。もちろん、あなたの安全は必ず私たちが護りますよ」

と、十津川は、力強く言った。

4

翌朝、近くのホテルに泊まった十津川は、恵から連絡を受けた。

「塚本さんを殺した人が分かりました。池野英文さんだと思います」

「彼が、逃げ出したんですね？」

「そうです。連絡が取れなくなりました」

「分かりました。三人全員を監視していますから、逃げ出せば、一時間以内に逮捕されます」

「それを聞いて、ほっとしました」

「昨夜、あのあと、一人一人に、あの話をしたんですね？」

「十津川さんにいわれた通り、塚本文也さんの手帳の中身を公表することに決めたと、一人一人に話しました。私がやったことは、それだけです」

「こちらの思惑通り、その手帳には、自分を殺すだろう人物の名前が書いてあると、犯人が思い込んでくれたんでしょう。昨夜のあの重苦しい雰囲気が、役に立ちました」

「十津川さんにとっては、全てが予想通りだったんですね？」

「いや、ひとつだけ心配がありました。それは、勾留をといた青山京次が犯人の場合です。逃げた時、塚本文也を殺した犯人だから逃げたのか、それとも、また刀二振りの窃盗容疑で再訊問されるかもしれないと不安になって、逃げたのか、その判断がつきませんからね」

「もともと、あの手帳には、犯人の名前は書いてありませんでした。だから、私の勝手に使わせてください」

「何に使うんですか？」

「実は、共著で出した本が意外に好評で、出版社から二作目を依頼されているんです。手帳を使えば、塚本さんと共著の二作目が作れますから。もうタイトルも決めているんです。『中井庄五郎の真実』です」

（負けたな）

と、十津川は、苦笑した。


【おわり】

十津川警部 坂本龍馬と十津川郷士中井庄五郎

2019年3月10日　第1刷

定価はカバーに表示してあります。

著　者　西村京太郎

発行者　徳永　真

発行所　株式会社　集英社
東京都千代田区一ツ橋2—5—10
〒101-8050
電話　【編集部】03-3230-6095
【読者係】03-3230-6080
【販売部】03-3230-6393（書店専用）

印　刷　大日本印刷株式会社

製　本　ナショナル製本協同組合

Printed in Japan

ISBN978-4-08-775445-2 C0293